Sonya
ソーニャ文庫

俺様陛下はメイド王女を逃がさない

貴原すず

イースト・プレス

contents

序章

暖炉で燃えていた薪(まき)が崩れたとき、エステルは物音を聞いた気がして顔を上げた。

暖かな火のそばに椅子を置き、刺繍(ししゅう)をしていたところだった。穏やかなひとときがたちまち崩れ、不安の風が吹き込んでくる。

狭い部屋の壁際に置いた寝台で寝ている母は、背を向けたまま身じろぎもしない。

エステルは足音を殺して、母の寝室を出た。とたん、凍(い)てつく空気に身をすくませる。

耳を澄ませるまでもなく話し声が階下から聞こえてきて、エステルは恐る恐る廊下を進んだ。

(こんな雪の中、お客さまかしら)

朝から雪が風に舞っていた。吹雪にならねばいいと祈るほどに、雪は天から絶え間なく落ち、風は暴れていた。

ミレッテ王国の北端の地は、冬になると白い雪に覆われるのが常だ。この離宮も雪の中に埋もれて、まるでこの世から切り離されたようになる。

（いいえ、冬だけでないわ。この館はいつだってこの世から切り離されているのも同然じゃないの）

エステルは、廊下の壁に吊るしていた鏡に目をやった。

後頭部の下のほうでまとめたチョコレートブラウンの髪。黒い瞳が自分を見つめ返す。

十七という娘盛りを迎えているのに、どうしようもなく地味な雰囲気なのは、社交と無縁だからだろうか。

（それとも孤独だからかしら）

つい身震いしたエステルの耳は、低いが断固とした声を拾った。

ただならぬ気配を感じ、階段を足早に下りて玄関へと向かう。

「だから、ここに入れるのは無理だと言ってるんです！　悪いが他を当たってくださいよ！」

使用人のハンスの叫びに、エステルは足を速めた。

「ハンス、どうしたの？」

振り返ったのは、中年の男。いつも陽気に笑う顔には、困惑がいっぱいに広がっている。

「姫さま、それが――」

「そちらがこの館のご主人ですか？　であれば、お願いしたいのです。けが人がおります。助けてもらえませんか？」

重厚な樫の扉は隙間が空いていた。若い男が足を挟んでいるのだ。深々とかぶったフードから覗く茶色の瞳には、焦りがあった。

「けが？　でしたら――」

彼の前に立つハンスは、あわててエステルの言葉を遮った。

「誰ともわからぬ人間を入れることはできませんぜ」

「わたしはヴェルン王国の商人です。国境を越えたところで、従者がけがをしてしまい――助けたいのです。どうか力を貸していただきたい」

必死の声に応じかけたエステルだが、ハンスはエステルを制止するように身体の前に腕を伸ばして、首を左右に振った。

「ヴェルン王国の方なら、もっとお助けすることはできねぇ。どうか、他を探してください」

隣国であるヴェルン王国は、時には戦を仕かけてくる敵国でもある。正体不明のヴェルン人ということで、ハンスはよけいに警戒をしているのだ。

はっきりとした拒絶に、男が顔を歪めた。

「ほんの一晩だけでいい。どうか助けていただけないだろうか？」

男の背後では風がうなり声をあげている。

ごうごうと吹く風の音だけではない。目の前の男の茶色い瞳には苦悩の色が浮かんでいた。

エステルは承諾することにした。

「この辺りには風を避けるところがないわ。ハンス、入れてさしあげましょう」

「し、しかし……」

ぎょっとしたようなハンスに、エステルは首を縦に動かした。

「ハンス。困っている方を無下に追い返すなんて、わたしはしたくない」

もしもここで見放したら、きっとずっと心に棘が刺さったような罪悪感を抱える羽目になるだろう。それくらいならば、助けたほうがずっといい。

「姫さま。しかし、お妃――」

「二階に上がらないようにしてもらえれば大丈夫よ。だから、お助けしましょう」

エステルの決断に、ハンスは渋面でうなずいた。

「姫さまがそうおっしゃるなら仕方ねぇ。さ、どうぞ」

ハンスが渋々といったふうに扉を開くと、商人は従者を肩に抱えながら入ってきた。従者の外套のフードがはらりとはずれる。こぼれた銀の髪に、思わず目を奪われた。

（まるで冬の王みたい……）

この館のあるミレッテ王国では、初夏になると夏祭りが開かれる。夏の女王に扮した少女と冬の王に扮した少年が戦い、夏の女王に扮した少女が勝利する。そして、明るい太陽が輝く夏の訪れを祝うのだ。

(伝説では、冬の王は雪のような白銀の髪と凍てつく青い目をしているというわ)

従者はまさに冬の王の外見だった。

エステルの視線に気づいたのか、従者は一瞬見つめてきたが、すぐに意識を失ったように目を閉じた。

商人が焦ったように言う。

「レオン、しっかりしろ！　お嬢さん、どこか休める場所はありますか？」

「ええ、もちろんです」

エステルは先に立ち、一階の奥にある部屋に案内した。

館はこぢんまりとしている上に、調度のほとんどは古びてしまっているが、掃除は欠かしていないだけに清潔感はある。

客室の前に到着し、扉を開けてやる。商人は従者に肩を貸し部屋に入ってきた。すっかり気を失ったらしい従者の手首から、血が垂れる。絨毯に落ちた血とかすかに漂った鉄っぽい臭いに、エステルは目を見開いた。

「もしかして、大けがなのですか？」

エステルの問いに、商人は床に落ちた血を認め、顔を歪めてうなずいた。

「そうなのです。床を汚してしまい、申し訳ございません」

「気になさらないでください。それより、手当てをしなくては」

「近くに医者はいますか？」

商人の問いに、エステルは首を横に振った。

近隣に医者はいない。階上の母は病気で臥せっているが、往診してくれる医者は一日かけて山を越えてくる。つまり、手元にある薬でなんとかするしかない。

「塗り薬と体力増進の飲み薬しかないのです。それでなんとかしていただくほかはありません」

「かまいません。助かります」

商人は深々と頭を下げる。その仕草に、エステルは密かに感動を覚えた。

（立派な方だわ）

レオンを従者だと説明したが、まるで主人のように大切にしている。商人の情の深さには感心するしかない。

「まずは塗り薬を持ってまいります。従者の方は寝台で休ませてください」

「ありがとうございます」

従者を寝台に横たえる商人を確認してから、エステルは早足で部屋を出た。

半月経ったある日、エステルは館の外に出た。門庭には雪を踏みしめた足跡があり、外に続いていた。

「レオン、どこに行ったの？」

エステルの声は、はるかに続く雪の大地に呑み込まれてしまう。

館はミレッテ王国の北に広がる海のそばにあった。近隣には釣った鰯を塩やオイル漬けにするのが生業という小さな漁村があるだけの寂れた土地だ。東に行けばヴェルン王国に続く平原が広がり、南には雲をまとった山々が連なる。山を越えたらミレッテ王国の都に通じるが、都に行くよりヴェルン王国の国境を越えるほうが簡単だろうという辺境だった。

氷雪の冠をかぶった山々を眺めて胸がきりっと痛んだ直後、さくさくと雪を踏む足音がした。

門からレオンが入ってきたのだ。

よく磨いた白銀の輝きを放つ髪、青く澄んだ目は眦が切れて凛々しい。しなやかな若木のような身体にまとっているのは、エステルが貸した毛皮のコートに、もはや時代遅れになった脚衣だ。

シルエットは野暮ったいのに、レオンの美貌が際立っているせいか、見栄えの悪さをまったく感じさせなかった。

「また狩りに行ったの？」

弓を背負い、兎の耳を摑んだレオンは、穏やかにうなずいた。

「寝ていてばかりでは身体によくないからな」

「でも、やっと傷がふさがったばかりなのよ？」

母親のような口調で言うと、彼が兎をずいと差しだした。

「やる。母上に食べさせるといい」

館の二階には母がいる。床に臥せっているから近寄らないでほしいとお願いしているが、彼はそれに従うだけでなく、精をつけさせようともしてくれる。

「……ありがとう」

エステルは大切に受け取った。

冬は行商人もろくに訪れなくなるから、新鮮な肉を食べさせられるのはありがたい。

「礼は不要だ。俺のほうが感謝してもしきれないのだから」

レオンはそう言いながらエステルを見つめる。

冷ややかな美貌に柔らかな笑みを浮かべるから、視線が釘付けになった。

「あなたに助けてもらわなかったら、俺は今ごろ生きてはいないだろう」

しみじみと言われて、エステルも微笑む。

「当たり前のことをしただけだわ」

特別なことはしていない。困った人に宿を貸し、薬を与えただけだ。

「……厄介者を抱えるなんてことは、誰にでもできることじゃないぞ」

レオンの言葉に、エステルは眉を寄せた。

「厄介者ではないわ。そんな言い方はやめて」

ムキになってした反論に、レオンは困ったような顔をした。

「そうか？」

「そうよ」

力を込めて肯定したのに、彼は空を見上げ、それからエステルを見つめる。うれしいのか照れくさいのかわからないような顔をした。

「……ありがとう。あなたに出会えて、俺は幸運だな」

思いも寄らぬ賛嘆に、エステルは強ばりかける頰を持ち上げた。

「そうかしら」

言葉が過ぎると思った。

エステルは、自分を不運な娘だと思っているからだ。

「そうだ。俺は毎日神に感謝している。あなたに会えたことを」

熱いまなざしに面食らっていると、扉から人影があらわれた。

「レオン、黙って出て行くのはやめなさい」

館から出てきたのは、レオンの主人である商人——ダミアンだ。心配のためか、温和な表情を曇らせている。

「ダミアンさま、俺は従者ですよ。ダミアンさまの夕食を豪勢にするために狩りをするのは当然でしょう？」

どこか挑発的な物言いをするレオンに、ダミアンは腰に手を当て、呆れたようにため息をついた。

「わたしの夕食など、どうでもいいのです。幸いにして、こちらには鰯のオイル漬けがあるのですから」

食糧庫にある鰯を引き合いに出されて、エステルは頬を朱に染めた。

「……鰯しかなくて、すみません」

近隣の漁村から手に入れられ、しかも安価な鰯が館のメインディッシュだった。

「ああ、違います。鰯は大変味がよい。わたしは感謝しております」

あわてて補足説明するダミアンの横を、レオンは笑いながら通り過ぎる。

ダミアンが子どもを叱責するように語気を強めた。

「レオン、待ちなさい！」

だが、振り返ったレオンはダミアンを相手にせずエステルに微笑んだ。

「エステルさま。その兎を一緒に調理しましょう。皮を剝ぐ（はぐ）のは、俺がやりますよ」

「わたしも兎の皮くらい剝げるわ」

レオンは、エステルの強がりを見抜いたように目を細めた。

「俺がしますよ。淑女の手を血で濡らすわけにはいかない」

彼の言葉を聞き、エステルは小さな喜びを噛み締めた。

(淑女だなんて……。誰からも顧みられないわたしにそんなことを言ってくれるのはあなたくらいよ)

レオンのやさしさに、エステルは救われたような気になってうなずいた。

数日後。エステルは近隣の村の娘たちを応接室に迎えていた。

暖炉の火がパチパチと燃える中、継ぎのあたった服を着た数人の娘たちはソファに座り、手元のシュミーズに懸命に刺繍をしている。

エステルは彼女たちの刺繍の様子を見守りつつ、膝の上に置いたシュミーズに刺繍をほどこす。

エステルは彼女たちに乞われて刺繍の師を務めているが、作業を見せるのも仕事のひとつだ。

ミレッテ王国にしろ、隣国のヴェルン王国にしろ、庶民の娘が着るのは刺繍をした白いシュミーズと襟(えり)ぐりが大きく開いたワンピースだ。

シュミーズやワンピースはもっぱら袖(そで)や裾(すそ)に刺繍をする。人気の模様は花や草木、鳥などだ。

刺繍は娘たちの仕事であり、貴重な収入源にもなっている。そのため、刺繍の腕のよい娘が嫁として望まれ、刺繍の腕前と嫁入り先のよしあしは相関関係にあるとまで言われていた。

手を動かしつつ彼女たちを見回すエステルに、三つ編みの娘が刺繍を見せながら問いかけてきた。

「こんな感じでどうですか？」

「上手ね。その調子で続けて大丈夫よ。連続する模様はリズム感が大切だけど、あなたの刺繍する鳥はとても可愛いし、空を飛びそう」

こんどは、髪をうなじで結んだ娘がたずねた。

「この薔薇(ばら)、なんだか単調な気がするんです」

「桃色だけでなく、合間に赤を足したらどうかしら。変化が生まれると思うわ」

「エステルさまのお花は、形がそろっていて、色も単調じゃなくてきれいですよね」

「ありがとう。ただ、形がそろっているだけだと退屈だから、大きさを変えた花を合間に入れて変化をつけるのもいいわよ。色も少しずつ濃くしたり薄くしたりして遊んでみると、楽しんで刺繍ができるわ」

娘たちに助言をしながら、休みなく手を動かす。

エステルは布を仕入れてシュミーズやワンピースを仕立て、特徴のある刺繍をして出入りの商人に売り、収入を得ていた。父が送ってくる生活費だけでは足りないからだ。

エステルの言葉に一斉にうなずいた娘たちのひとりが、おずおずと刺繍を示した。

「エステルさま、ここの空白をどう埋めていいか迷っているんです」

「蔦や草の模様を入れたらいい気がするわ。流れが生まれて楽しいから」

エステルの意見を聞き、娘たちが針を懸命に動かす。

生活のためとはいえ、美しいものを生み出したいと努力する姿は立派だと思う。

エステルの手の動きを見つめながら、三つ編みの娘が感嘆を漏らした。

「エステルさまは本当に手が速いですね」

「慣れよ。お金を稼がないといけないから」

肩をすくめて冗談めかすと、彼女たちが声をあげて笑う。

「エステルさまったら、からかうのはやめてください」

「そうですよ。こんな立派なお邸に住んでいるのに」

「立派なお邸といっても、とても古いのよ。修繕に時間がかかるし、お金がいくらあっても足りないの」

エステルは部屋を見回した。

壁紙は浮いてしまっているし、絨毯はだいぶ毛が抜けている。年季が入った重厚なつくりの家具はかつての時代に流行したもので、今の時代には全然合っていない。

邸に手を入れたくても金がないから不可能で、古びたものを大切に手入れしながら使っていた。

「でも、屋根があるだけありがたいわね。そう思わなくては」

エステルの言葉を聞き、しんと静まり返った。

（……こんな邸でも、この娘たちの住んでいる家よりは上等だものね）

自分の発言が無神経に思えて気まずくなったとき、扉を叩く音がした。

「お茶をどうぞ」

声にどきりとする。ワゴンを押しながら入室してきたのは、レオンだった。

際立ったレオンの美貌は、部屋の雰囲気を一気に変えてしまう。華やかな存在感に、娘たちの視線が集中した。

気づいているのかいないのか、レオンは友好的な笑みを振りまく。

「お疲れでしょう。お茶でも飲んで一息ついては」

「レオン、ありがたいけれど、そこまでしなくてもいいのよ」

各人の前にカップを置き、ポットの茶を注いでまわるレオンを見ながら、エステルは困った。

(けがようやくふさがって起きられるようになったら、どんどん動き回って……)

彼は身体を動かさないと鈍(なま)ると言い、狩りに出たり家事を手伝ったり、おおいに役に立ってくれる。けれど、無理をしているのではないかと心配だった。

「俺は命の恩人の役に立ちたいだけですよ」

最後にエステルのカップに茶を注いで、レオンは熱いまなざしを向けてくる。

心からの敬意を込めた笑みと瞳に浮かぶ温かな光に、エステルは胸が高鳴りそうになった。しかし、顔を見合わせる娘たちの姿が目の端に映り、心を引き締める。

(変な噂を立てられては困るわ)

エステルはこの屋敷に閉じこもり、ひっそりと暮らしていかなければならないのだ。

平和な生活を続けるためにも、目立つようなことはしたくない。

「そんなふうに卑屈にならなくてもいいわ。当たり前のことをしただけだから」

そっけなく告げてから、針を動かす作業に戻る。

無表情を装いながら、心の中は罪悪感でいっぱいだった。

(怒ったかしら……)

親切を無下にされたと気分を悪くしてはいないだろうか。

心が落ち着かなくて、ちらりと彼を見たが、レオンは何でもないような顔をしてエステルが刺繍をする様子を見つめている。

「エステルさまは本当に手が速いな。もうミモザの花が咲いた」

レオンは腕を組み、不思議そうにしている。

「どうしてそんなに針が高速で動くんだ？」

レオンの疑問に娘たちが笑いだした。

「ま、毎日しているからだわ」

エステルが主張すれば、娘たちが顔を見合わせてから笑いだす。

「レオンさんの言うとおり　エステルさまは針仕事が本当にお上手なのよ」

「レオンさん、何か縫ってくれと頼んでみたら？」

娘たちがレオンをからかいだしたので、思わず口を挟む。

「やめて。何も要らないわ、きっと」

「いや、そんなことはない。欲しいものならある」

レオンがまじめな顔をしてうなずく。

「まあ、何が欲しいんですか？」

「エステルさまに教えてあげてくださいな」

娘たちは口々に言いながら笑いあっている。

完全におもしろがっている様子だ。

「俺は……肌着が欲しいな」

レオンが真顔で言ったとたん、娘たちが噴きだし、エステルは真っ赤になった。

「肌着は身体に密着するもの。せっかくだから、そういうものをつくってもらいたいな」

レオンに見つめられ、エステルは内心でうろたえながらも冷静さを装って答えた。

「そ、そう」

「エステルさま、こう言ってもらったからには、仕立ててあげてくださいな」

「そうですよ。エステルさまの腕だったら、すぐ仕立てられるでしょうし」

「それは、そうだけど……」

エステルはレオンをちらりと見た。彼は早くもうれしそうに微笑み、さも当然のように要求を口にした。

「エステルさま、肌着には月桂樹を刺繍してほしい」

「月桂樹？」

「勝利の証だから」

まっすぐなまなざしをした彼の言葉に、エステルはもう断れないと観念した。

「……わかったわ。仕立てます」

「ありがとう」

破顔する彼は本当にうれしそうだ。

そんな表情をされれば、エステルも密かにやる気が出る。

（わたしが仕立てたものが欲しいだなんて、本当に誇らしいことだもの）

望まれる喜び、それはエステルが久しく味わっていないものだった。


数日後、エステルは母の部屋にいた。

ベッドで半身を起こした母のそばで、エステルは肌着を縫い、裾に月桂樹の葉を刺繍していた。

せっせと縫っていると、母が声をかけてきた。

「エステル、楽しそうね」

「ええ。刺繍はいつも楽しいわ」

顔を上げて答えると、母はくぐもった笑いをこぼした。

久方ぶりに見る母の笑顔は明るいものだった。透き通るような頬には珍しく血の気がさし、いつも憂いに沈んでいる暗褐色（あんかっしょく）の瞳には穏やかな光が宿っている。

「それだけじゃないわ。外からあの男（ひと）たちがやってきて、エステルは前よりずっと笑顔が増えた」

目を細めた母に、エステルはどきりとした。

「そ、そんなことないわ」

肌着に針を落としたエステルは母の視線を感じたが、素知らぬ顔をすることしかできない。

しばしの沈黙のあと、母が深く息をついた。

「……わたくしのせいで、あなたには苦労をかけるわね」

「お母さま、何を言ってるの？」

顔色を変えたエステルに、母は悲しげな顔をした。

「エステル。あなたはミレッテ王国の王女よ。正統な王女なの。本来ならば宮廷で何不自由なく過ごせるのに、わたくしと共にこの離宮で日々を過ごすことになって……」

母は天井を見上げて、深く息をついた。

漆喰を塗られた天井には装飾もない。王女が暮らすにはあまりにも趣のないこの住まいは、ミレッテ王国の王族が罪を犯して都から放逐されるときに使用される離宮だ。

(王族であることも隠さなければならないなんて)

周囲の者たちには、身の安全のため、そして、名誉を守るために本来の身分を隠し、没落した貴族の母子と伝えていた。

「わたくしがもっと強ければ……あなたをこんなところに閉じ込めることにはならなかったのに」

悲しみが込み上げてきたのか、母はうつむき、涙をこぼした。

エステルは椅子から立ち上がり、ベッドのそばに近寄って母の背を撫でた。

「お母さま、わたしのことは気にしないで」

慰めを口にしながら、口惜しさが込み上げる。

（お母さまこそ大切にされるべきなのに）

エステルの母——フロランスはミレッテ王国の王妃だ。

王家よりも歴史が長く、由緒正しいブロイ家。その娘であるフロランスは、国王ロベールに乞われて渋々嫁いだ。のちにロベールの行動から明らかになったが、フロランスと結婚したのは、ブロイ家の財産が目的だった。フロランスはブロイ家の唯一の相続人だったのだ。

おとなしいフロランスと派手好きなロベールの相性は最悪だった。

ほどなくして、ロベールは愛人を宮殿に招き入れ、挙句の果てにフロランスに離婚を迫った。フロランスが拒否をしたら、この離宮に追い出したのだ。

「わたくしがいなければ、あなたは……自由になれるのかしら」

「何を言うのよ、お母さま！」

エステルは眉を吊り上げた。

「わたしは、お母さまと一緒にいたいのよ」

フロランスを守るのは、エステルの望みだ。

（お母さまは身体を壊している……）

エステルの弟にあたる子を身ごもり、間もなく臨月というときにその子を失い、おまけに大量出血をして命を失いかけた。

それから心身ともに不調に陥ったというのに、ロベールは母をいたわるどころか、この離宮に追い払ったのだ。

（わたしがお母さまを守らなくては）

母に寄り添い、そしていつかは母の地位を取り戻す。

それがエステルの成すべきことだ。

「エステル……」

「わたしはお母さまのそばにいたいの。だから、おかしなことを言わないで」

フロランスにしっかり視線を合わせて言う。すると、母は涙をこぼしつつも微笑んだ。

「……ありがとう、エステル」

エステルはドレスの隠しから取り出したハンカチーフでフロランスの涙を拭い、その背を撫で続ける。

（……レオンには、そろそろ出て行ってもらわないと）

彼の存在が母を不安にしているのではないか。心をかき乱しているのではないか。

（これ以上、レオンと関わり合いになってはいけない）

元の静かな生活を取り戻さなければならない。

なぜか寂しさを感じてしまう心を振り払うように、エステルは痩せた背を撫でることに集中した。


数日後。

エステルは娘たちに刺繍を教えたあと、ひとりで応接室にいた。

売り物にするシュミーズに刺繍を入れていく。真っ白なシュミーズに花を咲かせながら、エステルはささやかな幸福感を覚えていた。

(きれいな花を咲かせよう)

ミモザ、薔薇、アザミ、百合——色とりどりの花を刺繍していると、なんの変化もない日々に彩り(いろど)が生まれる。

(花園をつくるのよ)

満開の花で白い原野を飾っていくのが大好きだった。北の地に追い払われた悲しみや鬱(うっ)屈(くつ)を払える気がするからだ。

いつもなら時間を忘れて没頭できる作業なのに、ともすれば手を止めてぼうっと外を見てしまう。

（……レオンには去ってもらわないと）

このまま彼がそばにいたら、強く保っている自分の心が折れてしまいそうな気がして恐ろしかった。

（わたしはお母さまと一緒にここで暮らすのよ）

母と共にこの離宮で静かな日々を送る。それが願いだ。

（レオンがいたら、お母さまが心を乱すわ）

そして、エステルの心も乱れる。それは避けなければならない。

（……凪いだ海のような心でいたい）

この地の海は風が強いせいか、いつも荒れている。白い波がいつも陸を呑み込むような勢いで打ち寄せる。

（そうなってはならない）

感情が揺れ動けば、心まで呑み込まれる。穏やかでいたいと思うのに、そうなれなくなってしまう。

冬の出口を迎えた空は、雲の厚みが薄くなったような気がする。葉を落とした立ち木を眺めていると、背後から足音がした。

振り返れば、表情を硬くしたレオンが入室してくる。

エステルは奥歯を噛みしめ、努めて冷たい顔つきをした。

レオンはエステルの前に立ち、静かに話しだす。

「……ハンスから言われた。もう出て行ってほしいと」

沈痛な表情のまま、レオンは言葉を紡ぐ。

「あなたは貴族で、若い男をいつまでもここにはいさせられないからと」

「……ええ、そうなの。これ以上、ここにいてもらっては困るわ」

エステルは苦い笑みを向ける。

「貴族といっても、貧しいけれど……。でも、そう……ずっとこちらにいてもらうわけにはいかないの。外聞が悪いから」

「未婚の貴族の令嬢が、男を泊めておくわけにはいかないからな」

「ええ、そうなの」

エステルはそれ以上話をしたくなくて、刺繍を再開した。

薔薇の形に針を進めていれば、レオンが決然と言う。

「……俺と一緒にヴェルン王国に行かないか？」

レオンの言葉に手が震え、布を支えていた左手に針を刺してしまう。顔をしかめてしまったが、まずいと気づき、あえて平静を装った。

「何を言ってるの？」

「俺とヴェルン王国に行こうと言っている」

声にからかう響きはなく、まなざしも真剣だった。だからこそ、エステルは冷淡にならずにはいられない。

「行けないわ。わたしはこれでもミレッテ王国の貴族だもの」

「ただの従者の俺とは一緒に行けないって言うのか？」

エステルは唇を震わせる。

(違うわ)

エステルは王族であって、貴族ではない。貴族なら——そして、ひとりならば、彼の手をとったかもしれない。

だが、エステルはひとりではない。病の母を支えたいのだ。

(それにわたしはこの国の王女。勝手に結婚などできるはずがない)

たとえ父王から、死んでもかまわないというような扱いを受けていても、王女である以上、好き勝手に婚姻できるはずがなかった。

エステルは口を引き結び、顔を背けた。

「そうよ。わたし、従者のあなたとは一緒に行けない。夫になる男は、高貴な方じゃないとだめなの」

うつむくと、はっきりと言い切る。

それから、目を閉じて祈った。レオンがエステルに呆れて去ってくれることを。

「……わかった」

レオンが踵を返す気配がした。そのまま歩き去る音がする。

エステルは、その音が聞こえなくなるまで視界を閉ざしていた。

しばらくして無音の世界になってから、目を開けた。応接室は寒々としている。

（これでいい）

孤独など恐れるものではない。

そう己に言い聞かせるのに、胸の内に氷の嵐が吹き荒れている。

涙の膜が張りかけるが、まばたきを何度もして涙を払う。

エステルは、彼がいなかった時間を取り戻すように、針を動かして夢中で花を咲かせだした。


数日後、レオンたちが出発する日になった。

日増しに暖かくなるせいか、門庭には雑草がぽつぽつと生えだしている。

見送りに出たエステルに、レオンが兎を押しつけてきた。

「礼だ。やる」

「……ありがとう」

別れのときまで自分を気にかけてくれるレオンのやさしさに、泣きたくなるのをこらえねばならなかった。

「これ使って」

エステルは気恥ずかしい思いをこらえ、畳んだ肌着をそっけない態度で渡す。裾には希望どおり勝利の証である月桂樹を刺繍した。レオンはそれを手に、しばし黙っていた。

「……欲しいと言っていたでしょう？」

あまりにつれない態度をとったから、今さらだと思っているのかもしれない。

不安になったが、レオンはしみじみとつぶやいた。

「……ありがとう。ヴェルン王国では、出征(しゅっせい)のときに恋人に肌着を贈る風習があるんだ」

「え!?」

そんな風習など知らないと面食らえば、レオンは決然と告げてきた。

「エステル。俺を待っていてくれ」

レオンはまっすぐにエステルを見つめて言う。

「高貴な男になって、あなたを妻にする。だから、俺を待っていてほしい」

レオンは真剣だった。そのまなざしにからかいの色はない。

だから、エステルはとっさに返事ができなかった。本当は、何を世迷(よま)いごとを言っているのかとたしなめるべきなのに。

黙ってしまうエステルに、レオンは再度宣言する。

「あなたを妻に娶(めと)ることができる男になってみせる。それまで、待っていてほしいんだ」

レオンの言葉が胸に染み入る。しかし、エステルはうなずくことなどできない。

(わたしを妻にできる人なんかいない)

自分が一番自分のことをわかっている。だから、伝えなければならない。そんなことをしても無駄なのだと。なのに。

レオンはエステルの頬に手をそっと当てて、まぶしげな顔をした。

「あなたは俺の運命の女(ひと)だから」

エステルは目を見張ってレオンを見つめた。

信じていいのだろうか。

(叶わない夢なのに)

ほんの少し心が揺れた。

もしかしたら、未来は今とは違う道が開けるのかもしれない。想像もつかない人生を歩んでいるのかもしれない。

そんな夢想が心をかすめ、エステルはほんのわずかに顎(あご)を引いた。レオンが安堵した顔をする。

「ありがとう、エステル」

「……気をつけて」

つぶやくように言ったエステルに、レオンは晴れやかな表情でうなずく。

そのときのエステルは、ふたりが思いもよらない再会を果たすことになるとは知らなかった。

一章　王女にして侍女

ミレッテ王国の北端にある館は遅い春を迎えていた。都ではとっくに咲いているだろうミモザがようやく花開きはじめたその日。

王室の離宮である小さな館の応接室で、エステルはソファに座り、低いテーブルを挟んで商人と向かい合っていた。

中年の商人――パウルは、エステルが刺繍をしたシュミーズを隅々まで確認している。

「うーむ。相変わらず、すばらしい腕でいらっしゃる」

「そうですか？」

「はい。この薔薇の鮮やかさ。それに幾何学模様の正確さ。まったくヴェルン王国の職人たちに見習ってほしいくらいですな」

パウルはシュミーズをじっくりと検分している。

「これは今回も買わせていただかなくては、我が国に帰れませんぞ」

「褒めていただいて、うれしいわ」

「エステルさまが貴族の令嬢でなかったら、ヴェルン王国に連れて帰りたいくらいですよ」

パウルの言葉に、エステルは苦笑した。

母のことを考えたら、そんなことなどできるはずがない。

（いつかお母さまを王宮に戻してさしあげないと）

それがエステルの願いだった。

けれど、父である国王ロベールは手紙ひとつ寄こしてこない。他の貴族の面々も、エステルたちと関わることを避けているのか、手紙を書いても返事が来ない。

つまり、エステルには願いを叶える手段がないのだ。

「エステルさまの刺繍は我が国でも人気があります。高貴な方も購入してくださるほどで」

「そうですか。ありがたいことですわ」

エステルは気を取り直してパウルにうなずいた。上客がついてくれているのならば、まだ仕事を続けられそうだ。

「それでは、今回の買い取り料です」

パウルは布袋をエステルの前に置く。そっとそれを手に持った。ずっしりと重い袋に安堵しつつ、膝に置いて中を確認する。たっぷりと入った金貨に、弾む鼓動を抑えつけた。

「……いつものことですが、こんなにいただいてよいのでしょうか？」

「エスエルさまのご衣装は固定客がいて、高く売れるのですよ。こちらとしても、仕入れさせていただけるだけで感謝しているくらいで」

「それならばいいのですが」

市場に出して売れるかどうか自分の目で確かめたことがないから、刺繍にどれほどの価値があるのか正直わからない。しかし、パウルが布袋にパンパンに入れた金貨は、いつも多すぎるように思えてならなかった。

（ともかく、これでお母さまの薬を買えるわ）

医師に山を越えて往診を頼むだけでもお金がかかる。薬を継続的に購入しようと思ったら、いくらあっても足りなかった。

（お父さまは頼りにならない）

日々の生活に事欠くほどの生活費しか送ってこないし、それもたびたび遅延するのだ。エステルが自ら稼ぐようになったのは、当然のことだった。

パウルは十枚近くのシュミーズとワンピースを丁寧に畳み、帯も含めて持参した鞄に入れた。

「では、わたくしめはこれにて」

立ち上がって微笑むパウルに、エステルも笑顔で応じた。

「ありがとうございました。またよろしくお願いします」

開け放してあった扉を出て、パウルを見送るために廊下を歩く。扉の外にいたハンスがついてきた。

ハンスは父がつけた見張りだが、エステルの境遇に同情して、従者のように甲斐甲斐しく仕えてくれている。見張りは他にもいたが、娯楽どころか何もない北端の地に嫌気がさしたのか、次々と去って行った。

ハンスは我が子を眺めるような温かいまなざしをエステルに注ぐ。

「姫さま、よかったですね」

「ええ」

ふたりでひそひそと話し合い、パウルを追う。玄関ホールに辿りつき、ハンスが重そうな扉を開いたとき、前庭の道を歩いてくるふたりの男を見つけた。

ひとりは口髭をたくわえ、上等そうな生地で仕立てたコートと脚衣を着た中年男。もうひとりは、彼の従者らしき若者だ。そのふたりの組み合わせに、図らずもレオンとダミアンを思いだした。

「それでは、エステルさま。お品をありがとうございました」

パウルはエステルにそう言うと、ふたりの男にも愛想よく笑ってからそそくさと去って行く。常ならぬ気配に気づいたのは、異国まで手を広げる商人独特の勘のよさがあるのかもしれない。

中年男は扉の前に立ち、口髭の先をひとねじりしてから、胸に手を当てて一礼した。

「姫さま、ご機嫌麗しい様子で何よりでございます」

あからさまな世辞に、エステルは思わず鼻の頭に皺を寄せた。

「……わたしをご存じなら、それなりのご身分かと思いますが、どなたでしょうか」

「ああ、申し遅れました。わたくしはジョスラン・ド・フリオネと申します」

エステルは了解したと示すためにうなずいた。

(フリオネ伯……もっぱら外交にたずさわっている家だったはず)

こんな辺境に、いったい何をしに来たのだろう。

「それで、なんのご用ですか？」

「陛下からご命令を賜りました。姫さまを王宮に連れてくるようにと」

「……お父さまから？」

まずは驚きが、次に疑問がわいてきて、エステルはハンスと顔を見合わせた。

「よかったですな、姫さま！　都に帰ることができますぞ！」

ハンスの歓声を聞いても、エステルはすぐには喜べなかった。

(……ずっとほったらかしにしていたのに、今さら？)

いったい何があったのだろう。フロランスとエステルを邪険にしていることを悔いる気持ちがとうとう生まれたのか。

（それとも、愛人とうまくいかなくなったのかしら）

しかし、父の愛人は男子を産んでいる。それもあって、フロランスと離婚して愛人と結婚しようと躍起になったのだ。男子を正式な跡継ぎにしたいなら、そうするしかなかった。しかし、フロランスは神の前で結婚した正妻で、宗教上は離婚など許されない。それに、フロランスには落ち度など欠片もなかった。貞淑で穏やかなフロランスは愛人に対して危害を加えることもなかった。公の場で父にべったりとくっつき、フロランスをたびたび辱めたのは愛人のほうだ。

離宮に追い出される前、エステルは舞踏会で、父や愛人、愛人の娘であるルイーズに罵倒され、壁の花であることを嘲笑された。エステルと関わろうとする貴族が皆無になり、それでも引きずりだされた舞踏会は、エステルの自尊心を痛打するための場だったのだ。

いざ王宮に戻るとなると、かつての心の痛みを思いだす。

エステルは慎重に問うた。

「……陛下はどういったご用件でわたしを連れ戻されるのでしょうか？」

フリオネ伯は唇の両端を得意げに持ち上げた。

「……要件は陛下に直接お訊きください」

「ここで教えてほしいのです」

エステルは頑として要求した。これまで散々、フロランスとエステルを傷つけてきた父の思惑を確かめておきたかったのだ。

フリオネ伯は両手を広げ、わざとらしくため息をついた。

「わたくしどもは詳しい理由を知らされていないのです。受けたのは、姫さまを連れてくるようにというご命令だけでして」

「では、母も連れて行ってかまいませんか？」

エステルの確認に、フリオネ伯は渋面になった。

「それは無理です」

「母を置いていくことはできません」

エステルはフリオネ伯を厳しく見つめた。

フロランスは、身体もだが心も不調を訴えている。それなのに、彼女をここにひとり残すことなどできるはずがない。

フリオネ伯は肩をすくめた。すると、従者らしき若者が生真面目な顔をして話しだす。

「王女殿下。陛下は、王妃さまにはこちらで静養を続けていただくようにと仰せです」

その返答に、エステルはスカートの布地を握り、唇を噛んだ。

（お母さまを厄介払いしておくつもりなの？）

腹立たしくて仕方ない。

「陛下のご下命で、医者と看護の者たちを連れてまいりました。エステルさまがいない間は、その者たちが世話をするでしょう」

「そう。おまかせしたほうがよろしいかと存じますぞ。なにせ、都に行くまでの道のりは長い。王妃さまには耐えられますまい」

口髭の先端をひねりながら、フリオネ伯はしたり顔だ。エステルは軽くうつむいた。

（……どうしよう）

フロランスも連れて行きたいが、彼女の心身の負担になるかもしれないと思えば、ここにいてもらったほうがいい気もする。

（それに、お父さまに直接お願いできる機会はめったにないわ）

フロランスの窮状（きゅうじょう）を訴え、もう少し都に近い場所にでも引っ越しできれば、医者の手配も薬の購入も楽になるだろう。

（そのためには、わたしは行ったほうがいい）

ハンスを見つめると、彼は大きくうなずいた。

「姫さま、王妃さまのお世話はおまかせください」

ハンスは笑みを浮かべ、再度うなずいた。

「都に行けば、何か変わるかもしれねぇんだから」

ハンスの励（はげ）ましに、力を与えられた気がした。

確かに、今の境遇を変えることができるなら、勇気を奮って行動すべきだ。

（お母さまのためにも、わたしががんばるしかない）

フロランスとエステルの立場を変える絶好の機会かもしれないのだから。

「……わかりました、都に参ります」

「おお、姫さま！　陛下はきっと歓迎してくださいますぞ」

フリオネ伯は両手を広げて、大げさに感激をあらわす。

演劇じみた仕草を見ながら、エステルは不安を覚えずにはいられなかった。


都までは馬車の旅路だった。十数日も馬車に乗り、道すがら風景を眺める。

離宮から南に連なる山脈を一山越えれば、都まではなだらかな丘陵と平野が広がる。

秋に植えた小麦がすくすくと育つ畑では農夫たちが雑草をむしっていた。ジャガイモを植えているのか、家族総出で農作業をしている中、通り過ぎる馬車に子どもが手を振る。

彼らに手を振り返しながら、エステルは複雑な思いだった。

（一見したところ、平和そうだわ）

のどかな風景に少しは安堵をする。ミレッテ王国の国土は肥沃で、他国も羨むほど食料の生産が盛んだ。他国に輸出している産品も多い。

南でつくるワインは複雑な味と香りが有名だ。羊や牛の乳を使ってこしらえるチーズは旨みが群を抜いている。穀物を食べて肥えた豚からつくる塩漬け肉も評判だ。

(だからこそ、領土を他国に狙われる)

ヴェルン王国とミレッテ王国の戦の話を聞いたのは、とっくに和平が成立したあとだった。刺繍を買い取りに来たパウルが教えてくれた。

父にしろ、他の貴族にしろ、手紙の一通もエステルには寄こさなかったから、よりによって敵国だった人間から戦があったことを聞いたのだ。

(野心旺盛なヴェルン王国のマテウス王……弟王を玉座から引きずりおろしたあと、自分が王冠をかぶったと聞いたけれど、その勢いでミレッテ王国にまで攻めてくるなんて)

東にある国境線を越え、常に両国で取り合いになる鉱山と周辺の土地を占領されて、ミレッテ王国の軍はたやすく降伏したらしい。父は激怒して将軍を解任したが、あとの祭りだったとか。

『マテウス王は、和睦をしたいなら、花嫁を送れと要求したそうですよ』

とパウルは言っていた。

ヴェルン国に送る花嫁は、和平の任を負う責任重大な役目だ。と同時に人質でもあって、ミレッテ王国と何かあれば、最悪の場合は命を失うかもしれない。

(ルイーズが選ばれるのかしら。いいえ、危険な役目だからお父さまは反対しそうだわ)

エステルの三つ下の妹であるルイーズは、生まれてすぐにロベールに溺愛されていた。絹のドレスを着て、宝石をふんだんに使った首飾りをつけ、毎日豪華な装いをしていた。

エステルがルイーズと暮らしたのは六年ほどだったが、仲はすこぶる悪かった。

『お姉さまは王女だと言うけれど、わたしのほうがずっと愛されているわ。ほら、このドレスを見てよ。お姉さまのよりうんときれいだわ』

豪華なレースと宝石で飾ったドレスをひらりと翻しながら、ルイーズは得意げだった。

『お姉さまも王妃さまも出て行けばいいのに。お父さまもお姉さまたちのことをお嫌いよ』

幼いながら口を極めて罵られた。エステルは反論もできず、拳を握って怒りをこらえることしかできなかった。

（もしも、わたしが嫁げと言われたら……少しはミレッテの役に立てるかしら）

自嘲しながら考える。敵国に送る花嫁――辺境に追い払われているエステルのほうがふさわしい気もする。

過去の記憶にうずく胸を押さえて外を眺めていれば、畑のある平野の向こうに街を囲む城壁が見えてきた。城壁の向こうに見えるのは、灰色の石や紅の煉瓦を積んだ教会や役所の建物だ。

エステルの緊張は俄然高まった。

（とうとう王宮に着くのだわ）

下手をしたら、一生戻ることはないかもしれないと覚悟もしていた場所なのに、まさか引き戻される機会を得るとは。

（なんとかしてお母さまを呼び寄せられるように交渉しなくては）

胸に拳を当てて決意を新たにする。

都の中央にある王宮は、白い石で組み上げられた威圧感のある建物だった。

金色に塗られた窓枠、壁の張りだし部分には聖教の聖人像が立ち並ぶなどすべてが美々しく装飾されている。

馬車回しに着くと、外から扉が開かれた。フリオネ伯が恭しく一礼をし、エステルは置かれた踏み台を使って外に出る。

フリオネ伯にエスコートされる形でホールに入ると、侍従がいた。こんどは彼に案内されて、応接の間に入る。

一段あがった台に、金の装飾が施された玉座があった。

そこには父である国王ロベールが座っている。

（……これがお父さま）

エステルは唖然とした。かつては長身で引き締まった身体をしていたのに、全身にすっかり肉がついて、締まりのない顔になっていた。たるんだ腹をなんとかコートで隠した姿は醜く、エステルは呆気にとられた。

彼の隣には畳んだ扇子を手にした娘が立っている。

黄金に輝く髪と若草色の瞳。小ぶりで愛らしい顔立ちなのに、エステルに向ける目は、獲物を狙う蛇のように冷ややかだった。

エステルは膝を曲げる貴婦人の礼をした。

「……お呼びとお聞きし、まかりこしました」

「久しぶりだな、エステル」

「はい」

「まあ、みすぼらしい服。そのシュミーズとワンピースの重ね着は、田舎者の装いじゃないの」

ルイーズがくすくすと笑う。エステルは表情を変えずに言った。

「これはわたしがつくった衣装です。離宮では、これで十分ですから」

あの離宮では、都で流行のドレスなど着る意味もない。

「……いやみったらしい言い方。お姉さまは鄙の地におられたせいか、都でのおしゃべりの仕方も忘れたみたい」

「エステルは王女としての礼儀の尽くし方もわからぬようだな」

ロベールの発言に、エステルは唇を噛む。

（……お母さまのためよ）

母を都に戻してもらわないといけない。エステルは悔しさをこらえて、静かに謝罪した。

「……申し訳ございません」

「うむ」

ロベールはそこで派手なげっぷをしてルイーズに顔をしかめられた。しかし彼はルイーズの反応などにはかまわず、放り投げるように言う。

「エステルよ。ルイーズがヴェルン王国に嫁ぐことになった」

エステルは衝撃を受け、懸命に思考を巡らせる。

（ルイーズをヴェルン王国に嫁がせる？）

ありえることだと考えてはいた。しかし、驚きを覚えずにはいられなかった。

（ルイーズを溺愛しているのに）

和平が成ったばかりの国に嫁がせるとは。

「……ヴェルン王国は、和平が成立するまで争いが絶えなかった国ですよ」

「あら、お姉さま、嫉妬しているの？」

ルイーズがくすくすと笑いながら口を挟んだ。

「嫉妬？」

「わたしが大国の王妃になるのが、妬ましいんでしょ？　お姉さまよりずっと格上になってしまうものね。ま、今でも、わたしのほうが格上だけれど」

扇子の先を顎に当てて、ルイーズは嘲りをあらわにする。

「ミレッテ王国を打ち負かすほど強大なヴェルン王国の王妃になる……素敵でしょう？」

ルイーズの意見に唖然とする。

ヴェルン王国の王妃になるということは、両国の間の架け橋になるということだ。それなのに、ルイーズは母国よりも強国に嫁げるのだと無邪気に喜んでいる。

「……お父さまはよろしいのですか？」

エステルは思わずロベールにたずねた。

ロベールは仮にも為政者だ。ルイーズを嫁がせるにあたって、迷うことはなかったのだろうか。

「……ルイーズを手放すのは惜しいぞ。誰よりも可愛い娘だ」

ロベールはそこでルイーズに視線を向けたが、ルイーズは顔を背ける。

つれなく応じる娘に、それでも愛情を注ぐ父親という構図には、もうひとりの愛されない娘からすれば、やりきれない思いにさせられる。

「しかし、ルイーズがどうしてもヴェルン王国に嫁ぎたいと言うのだ。かの国の王妃になりたいとな。となれば、余は父として娘の願いを叶えてやらねばなるまい」

ロベールは自らの腹を撫でながら、ため息混じりに言った。

エステルは奥歯を噛みしめて考える。

(お父さまは、国王のお立場で考えていらっしゃるのかしら)

通りかかったときに見かけた農民の姿を思いだす。

ヴェルン王国との和平は絶対に守らねばならない。となれば、王妃になるルイーズの役割は重要だ。野心あふれるマテウス王に、時には母国のための主張をしなければならないのだ。

「お父さま、わたしはどうしてもヴェルン王国の王妃になりたいの。そこにいるお姉さまの母親は、男子を産めなかったくせに王妃の座を降りないのだもの。おかげで、わたしのお母さまはいつまで経っても王妃になれやしない。わたしの身分も宙ぶらりんでしょう? そんなのは嫌。だけど、ヴェルン王国に嫁げば、王妃になれるわ。しかも、このミレッテ王国よりも強い国の王妃よ。そっちのほうがずっといいじゃない」

浮かれた調子のルイーズの言葉を、エステルは呆気にとられて聞く。

(王妃としての役割が全然わかっていない……)

果たして両国の関係改善のために働けるのだろうかと心配してしまう。

「ルイーズがこう言うなら仕方ない。ヴェルン王国に嫁がせるのは忍びないが……エステルよ、そなたは余の代わりになり、ルイーズを送れ」

「……どういう意味ですか?」

「ヴェルン王国に行き、ルイーズの結婚を見届けよと言っておる」

「わたしが、ですか？」

「ああ。ルイーズの侍女として、結婚を見守るのだ」

ロベールの発言に、エステルは束の間絶句した。

そんなエステルを見るルイーズの両目は、爛々と輝いている。

ルイーズの目を見たとたん、これは彼女の企みだと察したが、エステルは表情を冷静に保ったまま確認した。

「侍女、ですか？」

「そうだ。侍女だ」

「……わたしは……王女です」

父からはないがしろにされていても、エステルはミレッテ王国の王女である。それが正体を隠し、侍女と称してヴェルン王国に入国しろとは。

(もしも、わたしの正体が明らかになったら、ミレッテ王国の意図はなんだと疑われたりもするのでは)

危惧を伝えようと唇を開きかけたら、ルイーズがわざとらしく首を振った。

「お姉さまにわたしの結婚式を見てもらいたくて付き添いをお願いしたいのに……。まさか、断るとおっしゃるの？」

あどけない表情をつくるルイーズに、つい疑問をぶつける。

「付き添いをするのはわかるわ。でも、なぜ侍女なの？」

「だって、わたしには侍女が足りないんだもの。みんな役立たずばかりで、すぐに辞めてしまうから」

ルイーズが小首を傾げて言う。エステルはこぼれそうなため息を呑んだ。

（それは、あなたがわがままだからでしょう？）

ルイーズはエステルが王宮にいたときから侍女の扱いが乱暴だった。夏にオレンジが食べたいと無茶な要求をしたり、冬に罰を与えると言って薄着で外に立たせたり。多くの侍女が耐えられずに辞めていった。

（癇癪(かんしゃく)を起こしたら、誰にも手がつけられなかった）

侍女たちは物を投げつけられて、よく泣いていた。額に皿をぶつけられ、顔に傷を負ったショックで号泣する侍女を目撃したこともある。

エステルがたまりかねて注意したこともあったが、癇癪はひどくなるばかり。父は見て見ぬフリを続けていた。

「だから、お姉さまにお願いしたいの。お姉さまは母親の看病をして下働きに慣れているでしょう？　わたしの世話をおまかせしても大丈夫よね？」

ルイーズの失礼な発言にも、エステルは拳を握って冷静さを保とうとした。

「……陛下、ヴェルン王国に行くのはかまいませんが、もしも正体が明らかになったら恥をかくのはミレッテ王国です」

ミレッテ王国はどうなっているのかと呆れられるだろう。王女を侍女として同行させるなんて、理解不能な話だ。

「……そなたが正体を暴露しなければ、ヴェルン王国もわかるはずがない」

ロベールは腹を掻きながら言い放つ。

「ルイーズの幸せな姿を見守ってやらんとは、それでもおまえは姉なのか？」

ロベールの吐き捨てるような物言いに、エステルは再度言葉を失った。

辺境に追い払っておいて、エステルなど顧みることもしないのに、冷酷無情な人間のような言い草をされるとは。

「そうよ、お姉さま。わたしの侍女として付き添ってくれたら、あなたの母親のこと、お父さまも少しは考えてくださるというのに」

ルイーズは扇子を広げて口元を隠した。エステルに向けられた目は三日月で、腹の中に含むものがあると視線で語っている。

「……陛下、ルイーズの言うことは本当ですか？」

「ああ。フロランスのためにレントの離宮を用意しよう。おまえがルイーズに侍女として付き添い、帰ってきたらば、フロランスを呼び寄せよう」

ロベールは肘かけに肘をついて、エステルを上から下まで眺めた。

レントは都の近隣の都市で、狩りのために滞在する離宮が建てられている。代々の国王が手を入れてきたために、あらゆる時代の装飾が堪能できる美しい離宮だ。

（そこだったら、お母さまにも安心して休んでいただけるわ）

都に近ければ、医者の手配も簡単だろう。薬も様々な種類のものが手に入るに違いない。

「どうだ、エステル。妹の世話を焼く、感心な姉になってくれるか？」

ロベールの確認に、エステルは唇を引き結んで淑女の礼をした。

「……わかりました。精一杯務めさせていただきます」

「よかった！　お姉さまが付いてきてくださるなら安心だわ。わたしがヴェルン王国のマテウス王の妃になって、幸せになる姿をお姉さまに見届けていただけるのね！」

高らかに笑うルイーズの姿を見て、エステルは彼女の本心を悟った。

（ルイーズは、わたしに見せつけたいのだわ。嫡子であるわたしではなく、庶子である自分が王妃になるのだと）

そして、いつまでもフロランスが離婚しないせいで、嫡子になれない鬱憤を晴らそうというのだろう。

「あ、お姉さま。侍女なのだから、さっきみたいにルイーズと呼ぶのはやめてね。王女殿下と呼んでくださらないと困るわ」

ルイーズは扇で自分をあおぎながら、侮蔑をあらわにして、エステルを見下ろした。

エステルは込み上げる感情の荒波を抑え込み、膝を曲げる礼をした。

「失礼しました、王女殿下。どうか、何なりとご用をお申し付けください」

満足そうにうなずくルイーズに、エステルは顔を伏せて忍耐の二文字を心に刻んだ。


エステルが都に到着して三日後、一行はヴェルン王国に向けて出発した。

外交官としてフリオネ伯が同行し、ルイーズとエステル、それに侍女と花嫁道具を積んだ馬車の列が街道を進む。父の他に貴族の面々が宮殿を出て見送る賑々しい出立だった。

ルイーズはロベールに別れの挨拶をするとき、上機嫌だった。ロベールは目に涙を浮かべていたというのに、ルイーズは知らんぷりだった。

『贅肉がついたお父さまは気持ち悪かったわ。もうそばにいなくてすむなんて最高！』

ルイーズが他の侍女に放言するのを聞き、エステルは複雑な気持ちになった。

（わたしが手に入れられなかったものをルイーズは持っている……）

別れのときに涙を流すほどの愛情など、エステルは父から示してもらったことがなかったのだ。

ともあれ、ルイーズの上機嫌は長くは続かなかった。

ヴェルン王国までは馬車で二十日はかかる。ただひたすら馬車に揺られるだけの退屈な日々に、ルイーズは不満を抱きだしたのか、侍女に当たり散らすようになった。

それは、ヴェルン王国まで三分の一という距離になっても変わらなかった。

宿に到着し、夕食の席につくやいなや怒りを爆発させた。

「なんなのよ、この食事は!?　こんなもの、食べられるわけないじゃないの！」

ルイーズは皿をとりあげると、侍女に投げつけた。皿は侍女の胸に当たり、茹でたジャガイモが床に散らばった。

「も、申し訳ございません。この辺りはヴェルン王国の領土に近く、その……茹でたジャガイモはパンと同じように気軽に食べられていましてーー」

「おまえの賢しらな説明なんか、誰も聞いていないわよ。食べたくないったら、食べたくないの！　もっとまともな食事を持ってきなさいよ！」

この日、宿泊したのは小さな町の宿屋だった。これまでは道中の貴族の館で接待を受けられていたのだが、ヴェルン王国の領土に近くなるにつれて、そういった機会が如実に減ってしまったのだ。

「でも……」

震える若い娘を横目に見てから、エステルは冷静にたしなめた。

「主食を先に運んだだけで、間もなく鶏のソテーが運ばれますわ」

「もっと豪華なメインディッシュにできなかったの？」

「この辺りは、それほど豊かではありません。それに、ヴェルン王国では、茹でたジャガイモはパンと同じ主食です。食卓に頻繁に並ぶと思いますから、慣れておいたほうがよいかと存じます」

ルイーズは王妃になる。立場を考慮すれば、国内外の情報を得る必要があるだろう。だからつい一言助言を発してしまう。

ルイーズは顔色を変え、水の入ったグラスをエステルに投げつけた。

服に水がかかったことよりも、床に落ちたグラスが割れたことに内心であわてた。宿に損害を与えることになる。エステルの危惧などもとより知りもしないルイーズは、金切り声をあげた。

「おまえの説教なんか、聞きたくないわよ！」

「ヴェルン王国は質実剛健な気風だそうです。我が国と同じことを望んでも難しいはずです」

「はぁ？　じゃあ、変えてやるわよ。わたしがね。田舎臭いヴェルンの文化を、ミレッテの上等な文化に染めてやるわ。わたしにジャガイモなんか出してきたら、シェフを辞めさせてやるんだから！」

エステルが黙っていると、ルイーズが唇を歪めた。

「ふん。どうせわたしのことを妬んでいるんでしょう。わたしは王妃になるけれど、おまえは国に帰って病気の母親の看病をするだけ。嫡子、王女と誇っても、お父さまに愛されない娘はみじめね」

エステルは、割れたグラスの破片をしゃがんで集めた。そんなエステルを、さらなる衝撃が襲った。床に落ちたのは銀の皿。隣にいる侍女が硬直する。

ちょうどそのとき、部屋に誰かが入ってくる足音がした。

「王女殿下、おやめくださいませ。けがをさせたら、仕事ができなくなりますわよ」

制止の声をあげたのは、豊かな黒髪を結い上げた二十歳過ぎくらいの女だった。

切れ長の目はどこかおもしろそうに細められ、熟したフランボワーズの色をした唇が隙なく微笑みの形をつくる。

「ゾフィー、エステルをかばうの？」

ルイーズの興奮がやや治まったのは、ゾフィーがヴェルン王国から派遣された教育係であるからだ。ヴェルン王国のしきたりや風俗などを指導しているのだという。

（わたしがこの旅に同行することになったのは、ゾフィーの助言もあったらしいから、油断はできないわ）

なんでも、ルイーズが自分の結婚を見せつけたい人間がいるのだと言ったところ、ヴェルン王国に帯同させ、結婚式を披露してやればいいとそそのかしたようなのだ。

（ゾフィーはわたしの正体を知らないようだけれど、油断しないに限るわ）

そもそも、エステルは病弱で、母子ともに離宮で養生をしていると国内外に発表されている。

（だからなおのこと、わたしの存在はいよいよ秘さなければならない）

病弱な王女が侍女のフリをして妹の結婚の付き添いをする。笑い話にもなりはしない。

ちらりとゾフィーを窺えば、彼女は観察するような視線を向けていた。エステルはとっさに表情を消す。変な憶測をされないようにしなくては。

「かばっているわけではございません。けがをさせたら、十分な働きができなくなってしまいますわ。そうなったら、王女殿下が不便をするだけです」

ゾフィーの諫言をもっともだと思ったのか、ルイーズは鼻息を荒くして言い放った。

「そうね。どんなに使えない奴でも、ヴェルン王国に着くまで、しっかり働いてもらわないとね」

エステルはグラスを集め、銀の皿にのせた。

「……王女殿下、鶏のソテーはどうなさいますか？」

侍女がおずおずとたずねると、ルイーズはナプキンを振り上げた。

「要らないわよ！　だいたいね、メニューを見た段階で問題があったら、厨房に一言言いなさいよ！　本当に無能ね！」

「……申し訳ございません」

エステルは謝罪して、侍女に目配せする。

罵声が続く部屋を辞してから宿の厨房に行き、グラスを割ったことを詫びた。それから、デザートに出す予定だという苺の盛り合わせを確認後、ありあわせの材料でトライフルをつくりたいと要望した。ブリオッシュがあったのが幸いで、それをちぎって器に入れる。香り高いブランデーをブリオッシュに染み込ませ、切った苺を飾ったら、クリームを高速で泡立てて苺を覆い、表面に丸のままの苺をいくつか見栄えよく飾った。

トレイにのせて運ぶ侍女の背を見送ってから、エステルは疲れた身体を引きずるようにして裏口から外に出た。

(疲れたわ……)

夜空を見上げ、きらびやかに光る星を繋げると、兎の形に見える。

それを眺めて、エステルは不意にレオンを思いだした。

(どうしているかしら)

別れから二年が過ぎた。元気でいるだろうか。従者から一人前の商人へと出世できただろうか。

『あなたにふさわしい男になる』

という言葉を聞いたとき、正直、うれしかった。けれど、その喜びで自制の心を忘れるなどありえなかった。

（わたしには、お母さまがいる）

寝台に縮こまっている母を励まし、たまに一緒に外に出て季節の変化を感じるのが、ささやかな楽しみだった。母のことを思えば、無事に帰ってレントの離宮に住まわせるのが一番だと決意を新たにする。

（ルイーズが嫁いでしまえば、お母さまを都の近くに住まわせられる）

現実逃避は虚しいだけだ。感情を押し殺してルイーズの相手を務めきれば、母を助けることができる。

エステルは振り返り、裏口の扉を開けようとして、右の人差し指の痛みに気づき顔をしかめた。トライフルをつくるのに夢中だったから気づかなかったが、指先を切ったのかもしれない。

指を見つつ扉を開け、中に足を踏み入れたとたん、ぎょっとした。ゾフィーが壁にもたれるようにして立っていたのだ。

「エステルさん、災難でしたわね」

親しげに話しかけてきたから、つい眉を寄せてしまった。

（……用心しなければ）

言質をとられてはならない。ルイーズにおかしなことを吹き込まれたら、痼癪がますますひどくなってしまう。エステルはそっけなくあしらった。

「たいしたことではありません。こちらの気が利かなかっただけですから」

「遠慮なくおっしゃっていただいてかまいませんわ。王女殿下はわがままで困る……そう思いますわよね？」

「……いいえ。自分の配慮の足りなさで王女殿下をご不快にしてしまい、申し訳なく思っていますわ」

ゾフィーがくぐもった笑いをこぼした。

「隙のないお言葉……ご立派ですわ」

ゾフィーの含み笑いに、思わず眉を寄せた。彼女の言葉が本心か、それともエステルの失言を引き出すための糸口なのかわからなかったからだ。

エステルが沈黙していると、ゾフィーが微笑んだ。

「お困りなことがございましたら、どうかご相談ください」

「何もありませんから、ご心配なく」

やはり簡単には信用できないと判断して応じれば、ゾフィーは小さくうなずいた。

「エステルさんは賢い方のようですね。我が国でもうまくやっていけそうです」

「賢くはありません」

「どこまでも用心深いお方……では、エステルさん。おけがをなさったのなら、この薬をどうぞ。よく効きますので」

小瓶を手渡され、エステルは左手で受け取る。緑色のクリームが目に入った。

（よく気づいたわね……）

無意識のうちに右手を左手で包んでいたが、それだけでけがだと判断がつくものだろうか。薄気味悪さを感じながら受け取る。

「……ありがとうございます」

「礼など不要ですわ。明日から、また働いていただかなければなりませんもの。おけがを早く治して、せいぜいルイーズさまに尽くしてくださいませ」

ゾフィーは蠱惑的に微笑むと、身を翻した。彼女の背中を見つめながら、エステルは身体の芯にたまる疲労を感じて深く息を吐いた。

ヴェルン王国への花嫁行列は数日後に終わりを迎えた。獅子と百合の紋章で飾られた馬車にルイーズやゾフィーと共に同乗していたエステルは、緊張の極致にあった精神をようやく緩められそうだと内心でほっとする。

高台にある王城が近づくにつれ、ルイーズは興奮を隠さなくなった。

「なかなか素敵な城じゃないの！」

ルイーズは窓に張りついて王城を見つめている。彼女の背中越しにちらりと見えた王城は、青みがかった白い石を組み上げたもので、やたらと大きい。その敷地の中には、高い塔がまるで灯台のように立っており、あらゆる方角から目に入った。

（あれが嘆きの塔かしら）

王族の罪人を幽閉する塔なのだと聞いたことがある。現在も、かつては高貴な身分を誇った男が閉じ込められている。

「いいわね。あそこがわたしの城になるわけね」

ルイーズは振り返り、ゾフィーに挑発的な微笑みを向けた。ゾフィーは穏やかな笑みを浮かべてうなずく。

「さようでございます。女主人になるのも、間もなくですわね」

「そうよ。わたしは大陸の強国の王妃になる――もう愛妾の娘だなんて、言わせないわ」

ルイーズはエステルを小馬鹿にしたような目で見てから、唇の端をきゅっと持ち上げた。

「羨ましいでしょう？」

エステルはどう答えようか悩んだ。ルイーズのことだから、何を答えても最終的には気に入らないと怒りを爆発させるだろう。

「もしかして、腸が煮えくり返って何も言えないの？」

「……わたしは、ただ、ミレッテ王国とヴェルン王国を繋ぐ架け橋になっていただきたいと思っているだけです」

　感情の起伏を抑えて言うと、ルイーズが鼻を鳴らした。

「……架け橋ね。ミレッテはヴェルンに国境線を侵されて戦いはしたものの、すぐに負けた。情けないったらありゃしないわ。でも、わたしが嫁いだら、戦なんてなくなるはず。王妃として王城に君臨し、ヴェルンの奴らに泡を吹かせてやるわ」

　威勢のいい言葉に、安心するどころか心配が大きくなった。

（ヴェルン王国の人たちは、一筋縄ではいかないわ）

　強大な兵力を有し、大陸でも有数の強国であるヴェルン王国。かつて、ヴェルン王国は常に他国の国境を脅かす、恐るべき国だった。周辺国は息をひそめてヴェルン王国の出方を見守り、怒りを買わぬようにと用心して応対するのが常だった。

（ヴェルン王国の貴族は、ミレッテ王国を見下しているもの）

　ミレッテ王国は、大陸ではヴェルン王国に次ぐ国土を誇っている。

　しかし、昔から戦に弱く、しばしばヴェルン王国に国境線を引き直されてきた。様々な作物を育てるミレッテ王国の肥沃な大地はヴェルン王国が持たないものだし、国境沿いには鉱山がいくつかあるのも魅力的だからだろう。

　ここ十年ほどは落ち着いていたが、マテウス王が即位してから状況は一変した。即位して間もなく、彼は電光石火の勢いでミレッテ王国との国境を越えると、鉱山と周辺の都市を占拠した。

準備不足だったミレッテ王国は、簡単にヴェルン王国に敗北した。土地の割譲の他に求められたのが、政略結婚なのである。

ゾフィーが穏やかに割って入った。

「王女殿下。ヴェルンの貴族は誇り高い者たちばかり。王女殿下も十分ご注意くださいませ」

「なによ、ゾフィー。わたしが失敗するとでも言うの？」

ルイーズはとたんに不機嫌そうになった。

「わたしはね、ミレッテの王城で生まれ育ったのよ。宮中のことくらい知っているわ」

胸を張るルイーズに、ゾフィーは目を三日月の形に細めた。

「なるほど。王女殿下のご対応が楽しみですわ」

「そうでしょう？　わたしは特別なのよ」

ルイーズは舌なめずりをしてエステルを見つめた。エステルは内心で弱ったと思いつつ顔を伏せて表情を隠す。

正直、どんな応対をしてもルイーズは不満をぶつけてくるのだ。

うつむいていると、頭に物がぶつけられる。床に落ちたのは、クッションである。

「主から顔を背けようだなんて、生意気じゃないの」

「背けているわけでは……」

「背けてるわよ。それとも、つらいの？　わたしが王妃という身分を得ることが」

ルイーズの瞳は肉食獣のように輝いていた。エステルはできるだけ穏当に答える。

「つらくはありません。おめでたいことですもの」

「心にもないことを平気で言うのね。この嘘つきの頭には、何が入っているのかしら」

髪をぎゅっと摑まれて引き寄せられ、尻が宙に浮く。あまりの痛みに、涙をこらえねばならなかった。

「言ってみなさいよ！　醜い本心を！」

「……わたしは何も……」

「その取り澄ました顔がムカつくって言ってるんでしょ!?」

言いがかりだが、この口上に乗ってしまえば、エステルも母も立場をなくす。歯をくいしばってこらえた。

「王女殿下、おやめくださいませ。興奮してはお身体に毒です。陛下に会う前に、そんなに苛立ってしまっては、華の美貌に陰が生まれます」

ゾフィーの冷静な声に、ルイーズは手を放した。エステルは座席につき、じんじんと痛む頭皮のうずきをこらえる。

「そうね、ゾフィーの言うとおりだわ」

「間もなく到着しますもの。興奮なさるのは、胸の内だけになさってくださいませ」

ゾフィーの言い方には皮肉を感じたが、エステルは黙ってこらえた。ルイーズが手にからんだエステルの髪を薄気味悪そうにひっぺがしている。

「ああ、イヤだわ。こんな暗い色の髪の毛。呪われてしまいそうじゃない」

エステルは目にたまる涙を懸命にこらえた。


王城に到着すれば、太陽は斜めになっていた。門をくぐって前庭で馬車を降りると、宮殿の威容が目に入る。

だがそれよりも、庭で侍従を率いる男を見て、エステルは驚愕のあまり発しかけた悲鳴を懸命に呑みくだした。

(ダ、ダミアン!?)

そこにいたのは、あの日、従者を助けてほしいと訴えた商人のダミアンだったのだ。

エステルは大混乱に陥ったが、彼と目が合いそうになった瞬間、とっさにうつむいた。

(なぜ、ダミアンがここにいるの!?)

二年前、彼は商人だと名乗り、助けを求めてきた。それが今や、城を差配するかのように侍従たちに声をかけている。

（……目をかけられて、職を替えたということかしら）

あれから二年も経つのだ。マテウス王即位に関して、なんらかの功績を挙げたのかもしれない。

（……とにかく、顔を見られてはまずいわ）

なぜここにいるのかと問われたら困る。だが、懸命に言い訳を考えているうちに、心配することもないのではと思えてきた。

（……王女に仕える侍女だと言えばいいだけじゃない）

田舎の貴族令嬢エステルはルイーズのお付きになり、婚礼の用意をするためにやってきた。婚儀を見届けたら自国に帰る——そう言えばいいだけの話だ。

（問題などないわ。そもそも、王女に仕える侍女たちはそれなりの身分の者が多いのだし）

王女の使いを務めたり、おしゃべり相手になったりする侍女は、身元が確かな貴族の娘が多い。下働きとは違うから当たり前なのだが。

（あのとき、わたしは貴族の娘だと告げた）

あの離宮に住んでいたのは、没落した貴族の母子だとダミアンも思っているはずだ。

（どちらにしろ、正体は黙っているしかない。何より、王女がルイーズのお付きになっているなんて、恥ずかしすぎる話だもの）

エステルが人の間に隠れるようにして立っていると、ダミアンはふんぞりかえるルイーズの前で礼をした。

「わたしは王に仕える秘書官長のレオナルトと申します。ルイーズさまにおかれましては、ご無事にお着きになり、何よりでございました」

口上を聞き、エステルはうつむいたまま目を見開いた。

（……レオナルトですって？）

つまりあのときは偽名を使っていたということだろうか。

（なぜ、そんなことを……）

訊くに訊けない疑問が胸に渦巻くエステルの耳に、ルイーズの甲高い声が届いた。

「陛下はどちらにいらっしゃるの？　ルイーズが参りましたとお伝えしなければならないわ！」

ルイーズは誇らしげに告げる。自分が来たからには歓迎されてしかるべきだと疑っていない様子だ。

「中でお待ちです。どうぞ」

レオナルトは特に反応することもなく応じる。そっけない対応に、ルイーズが機嫌を悪くするのではないかと心配になり、そっと顔を上げると、レオナルトと目が合った。

（まずい）

なんとなく気まずくて顔を伏せたが、かえって怪しかったかもしれない。しかし、幸いなことにレオナルトは気づかなかったのだろう。ルイーズを伴い宮殿に向かう。

　エステルは他の侍女と共に、彼らのあとを追った。

「文化の香り高いミレッテ王国の王女殿下に、我が国の宮殿を気に入っていただけるか心配しております」

「どうか気になさらないで。わたしが内装を変えてさしあげるわ。ミレッテ王国のおしゃれな壁紙を貼るだけで、ぐっと素敵になるわよ」

　調子よくしゃべるルイーズの言葉を聞いているだけで、エステルはひやひやした。

（お願いだから、ヴェルン王国を尊重する発言をして）

　ミレッテ王国のほうがすぐれている——そんなことを主張してヴェルン王国を貶(おとし)めては、せっかくの政略結婚が台無しになってしまう。

「それにしても、愛想もそっけもない宮殿ね。ミレッテ王国はあちこちに装飾があるのよ。うちの職人を呼んで飾り立てたほうがいいんじゃないかしら」

　血の気が引いていきそうなエステルをよそに、ルイーズは好き放題放言している。

　さすがに制止の声をかけるべきかと思ったとき、レオナルトが穏やかに応じた。

「いいえ、我が国にもなかなか腕の立つ職人がおりますから」

　レオナルトの発言はあくまで穏当(おんとう)だが、その裏にある拒絶を感じてエステルは身がすくんでしまう。

「遠慮しなくていいのよ。わたしが頼めば、お父さまはいくらでも職人を送ってくれるわ」

ルイーズはレオナルトの拒絶に気づかない。己がいかにミレッテ国王の支持を得ているかを熱弁する。

「お父さまは、わたしのためだったら、どんなことでもなさるわ。職人くらい、いくらでも融通できる。わたしが頼めば、兵士だって送ってくるでしょう」

「それはそれは……王女殿下は愛されていらっしゃる」

「そうでしょう？　わたしを妻にしてよかったとマテウス王にも思っていただけるわ、きっと。ヴェルン王国にはいない、趣味のいい職人を招いてあげるから」

「ありがたいことですね」

背中しか見えないレオナルトの表情はわからない。声は穏やかだが、心の内はどうなのだろう。

「わたしが嫁いだからには、ヴェルン王国のお役に立つわよ」

「ありがたいことです」

なんとなくレオナルトの返事に精彩が欠けてきたところで、一行は馬車回しがある玄関から建物内に入っていく。

「あら、なかなか素敵じゃないの」

広いホールは、ヴェルン王国の紋章である〝薔薇と斜めに交差する二本の剣〟が織られた深紅色の壁紙が貼られて、重厚な雰囲気を漂わせている。今にも落ちてきそうなシャンデリアは巨大な宝石のようにきらめき、壁一面に飾られた絵の中の神話の英雄は筋骨隆々としていて、ヴェルン王国の強大さを表現しているようだ。

ホール中央の階段は踊り場で二手に分かれている。その階段をレオナルトに導かれてルイーズは上っていく。

「なんだか重い雰囲気ね。我が国は、最近ではもっと軽い感じがもてはやされるのよ」

「さようですか」

気になったのは、ルイーズがいるというのに、ヴェルン王国の侍女が荷物を持って盛んに行き来していることだ。

そのうちのひとりが二階にある花台の花瓶を手にして階段を下りようとした。

ところが、けつまずいたのか、階段にいるルイーズに向けて花瓶の口を向ける。花が散らばり、ルイーズに水がかかった。

「無礼者！」

ルイーズはすさまじい勢いで侍女のすぐ横に立ち、平手打ちを見舞った。

侍女は階段を踏み外すや、派手な音を立てて踊り場に落下し、倒れた。

ヴェルン王国側の人間も、ミレッテ王国側の人間も、衝撃的な事態に動きを止める。

恐ろしいような沈黙のあと、エステルはうめき声を聞き、我に返った。階段を上り、仰向けに倒れている侍女のそばに膝をつく。

「大丈夫ですか？」

濃いショコラの色をした髪の侍女は低くかすれた声を出した。

「だ、だいじょう、ぶ、です……」

「どこか痛むところがありますか？　骨が折れていたら大変――」

「自業自得よ。わたしに水をかけるなんて、とんでもない女だわ」

踊り場まで下りてきたルイーズが、腕を組んで吐き捨てる。

「本当に頭が悪い女ね！　それとも、ヴェルン王国の侍女はこんな奴らしかいないの？なら、教育の必要があるわね」

「王女殿下！」

エステルは黙っていられずに声をあげた。これから嫁ぐ国の人間に言うべきことではない。

「お言葉を慎みください。ヴェルン王国に失礼ですわ」

「本当のことでしょう!?　わたしはミレッテ王国の王女よ。それなのに水をかけてくるなんて、わたしを馬鹿にしているつもりなの!?」

「わざとではない――」

「おまえはわたしに仕える侍女でしょ!?　それとも……おまえこそ再教育してあげる必要があるみたいね！」

ルイーズが手を振り上げる。

激しい憤りをあらわにした表情に瞬間怯み、思わず目を閉ざしてしまう。さらに口の中を切らないようにと奥歯を噛みしめて衝撃を待った。

しかし、いつまで経っても腕が振り下ろされない。

恐る恐る瞼を開ければ、ルイーズの背後に男が立っていた。

立っているだけで威圧感を放つ男は、彼女の手首を摑んで暴挙を食い止めている。

「いい加減にしろ」

見知った男がなぜここにいるのか信じられず、エステルはぽかんと口を開いた。

（レオン……）

銀色の髪に鋭い目元。若木のようにしなやかな身体にまとっているのは、皺のないシャツに上質な黒いコートと脚衣。白と黒の単色の装いだが、それが隙のなさと凛々しさを演出していて、見とれるほどに美しい。

「何をするの、無礼者！」

「夫になる男を無礼と罵るとは、ミレッテ王国の王女殿下はなかなか気が強いな」

皮肉めいた言い方に、エステルは頭を殴られたような気がした。

（レオンが……マテウス王……。商人の従者じゃなかったの？）

つまりあのとき、ふたりは偽名を名乗り、おまけに真実の姿を隠していたのだ。

あれから二年が経ち、ふたりは王と秘書官長となってエステルの前にあらわれた。

(どうして、こんなことに……)

事態の進展はあまりに急で、信じられなかった。

頭の中が混乱しているエステルの耳に届いたのは、甘いため息がこもったような呼びかけだ。

「あなたがマテウス王……」

腕を捕らえられているというのに、ルイーズはうっとりとマテウスを見つめている。

「お会いしたかったですわ」

ルイーズの感嘆に、マテウスは一瞬眉をひそめてから彼女の腕を放した。それから、倒れた侍女のそばに近づき、片膝をつく。ちょうど侍女の身体を挟んで向かい合うことになり、エステルはいたたまれなさに視線を斜めに落とした。

「カリーナ、無事か?」

マテウスの問いかけに、カリーナと呼ばれた侍女は苦しげに応じる。

「全身の骨がバラバラになったように痛いです……」

「そうか」

とんでもないことになったと血の気が引きつつマテウスを見たエステルを無視して、彼はルイーズを睨んだ。

「このカリーナは俺の腹心の侍女だ。それにけがをさせるとは、どういう了見だ？」

ルイーズは一瞬ひるんだあと、ふてぶてしく応じる。

「その娘が悪いのですわ。花瓶を持ってわたしの周りをうろちょろして……。その娘は勝手に落ちたのです。わたしがけがをさせたわけではありません」

ルイーズの返答に、マテウスは皮肉めいた微笑みを浮かべる。

「そうか。王女殿下がけがをさせたわけではないのか」

「ええ、わたしのせいではありません」

マテウスはルイーズからカリーナに顔を向けた。

「カリーナ、動けるか？」

問いかけるマテウスに、カリーナは首を左右に振った。

「……無理ですわ。とても陛下のお世話などできません」

「困ったな。俺の侍女が働けないとなると、王女殿下から侍女を借りなければならない」

マテウスはそう言ってから唐突に腕を伸ばし、エステルの顎を掴んだ。

強い眼光に圧倒されて視線を逸らせなくなる。

「この侍女を借りるとしよう」

エステルは目を見開いた。マテウスはエステルのことを覚えていないのだろうか。

（……もう二年が経ったもの。忘れてしまっても仕方がないわ）

あのときの約束は、その場限りのことだったのだろう。ひとりぼっちのエステルを哀れんで、つい口に出してしまったのかもしれない。

(没落した貴族の娘……。国王になったマテウスにはふさわしくないわ)

マテウスは国のために結婚しなければならないのだ。

「その侍女はどうかと思いますわ。まったく気が利きませんの。他の娘になさったらどうでしょう」

ルイーズが不愉快そうに眉を寄せて口を挟んだ。

「いや、俺はこの娘がいい」

マテウスの要求に、エステルは息を呑んだ。

(何を考えているの?)

なぜ侍女として望むのだろうか。わけがわからぬまま、マテウスを見つめる。

「この娘はまっさきにカリーナを介抱しようとした。他の者たちが動けずにいたのに、ずいぶん気が利く。おまけに、王女殿下の軽挙を諫(いさ)めた。この娘は侍女の鑑(かがみ)だ。俺はこういう娘を必要としているんだ」

マテウスはルイーズを目の端で睨んだあと、エステルを見つめた。

(……どうしよう)

ルイーズに視線を向ければ、彼女は眦(まなじり)をきりきりと吊り上げて怒りをあらわにしたあと、いかにも無理やりに唇をねじ曲げた。

「わかりましたわ。どうぞ、その侍女をお使いください」

彼女の返答に、エステルは思わず目を剝いた。

「王女殿下!?」

「その侍女ひとりくらい、そばにいなくても困りませんもの。お好きに利用なさってくださいませ」

ルイーズは右頬に右手を当て、うんざりしたように息をつく。

「お役に立てるかわかりませんけれど。気の利かない侍女ですから、気に入らなかったら、すぐにご返却いただいてよろしいですから」

「そうか。では遠慮なく使わせてもらう」

マテウスはカリーナを抱き上げ、エステルに目で合図した。

「行くぞ」

エステルは周囲を見回す。誰もマテウスを制止する者はいない。エステルを助けようとする者もいない。

ルイーズは片方の頬を持ち上げて、冷笑した。

(仕方ないわ)

カリーナの傷が癒えるまで仕事をするだけだ。すぐにルイーズのもとに戻れるだろう。

（……どちらがましなのかしら）

ルイーズにいたぶられるのと、秘密を隠しながらマテウスに仕えるのと。

マテウスが重々しく歩きだす。エステルは彼の背中を追いながら、秘密が漏れ出るのを押さえるように胸に手を当てた。

二章　王の戯れ

翌日から、エステルはマテウスのそばで働くことになり、ルイーズたちが宿泊する宮殿敷地内の客館ではなく、マテウスが過ごす本館の三階の端の部屋を与えられた。本来、使用人は地下や屋根裏に部屋を与えられるものなのだが、カリーナはマテウスの腹心のために、用があったらすぐ駆けつけられるようにされていたのだという。

髪をまとめ、足首まで隠す紺のドレスに白いエプロンを合わせたお仕着せを着て、エステルは彼のために朝から用をこなした。

香り高いコーヒーとバターを厚めに塗ったパンの朝食を寝室に運ぶ。それから身支度を整える準備を手伝う。政務にとりかかればレオナルトが補佐をするから、エステルの出番はない。しかし、合間には昼食や夕食のメニューの確認を頼まれ、掃除の出来映えをチェックするように言われる。手が足りない部署の調整までさせられて、エステルは面食らいながらも対応した。

そうして五日ばかり経ち、なんとなく仕事のやり方を覚えたころ。

寝室でマテウスのクラバットを結んでいたときに、エステルは彼に腰を抱かれて目を丸くした。

これまで互いによそよそしい振る舞いをしていたのに、いったどうしたのだろうか。

「エステル、もう慣れたか？」

親しげな声に、エステルはマテウスを見上げて戸惑いながら微笑んだ。

「はい。慣れてきましたわ。宮殿の部屋の場所も、みなの顔も」

巨大な宮殿では働く者の数も多い。顔と名前がなかなか一致せず、エステルは必死に頭に叩きこんだ。

「そうか。やはりエステルは優秀だな。すぐに吸収する」

「優秀というわけでは……。慣れですから」

なんでもないことのように応じてからクラバットを結ぶ。結び目を整えている間も、彼が腰から手を放さないから、さすがに一言もの申すことにした。

「陛下は、いつもこのように侍女に馴れ馴れしく触れるのですか？」

厳しい視線を向けたのに、マテウスは真摯に見つめてくる。

「誰にでも触れるわけではない」

「では、手をお放しください」

エステルは固い声で告げる。

マテウスはルイーズの婚約者だ。節度を守ってもらわねばならない。

「冷たいな、エステル」

マテウスは悲しげな顔をしているが、エステルは唇をきゅっと引き締めた。

「わたしは侍女です。陛下のために仕事はしますが、このように触れてこられるのは困ります」

まっすぐ見つめれば、彼はようやく手を放した。

「……エステル、怒っているのだろう。俺がなかなか迎えにこなかったから」

マテウスはやや悲しげに瞼(まぶた)を伏せた。

「しかも、俺は名と正体を偽っていた。事情があったとしても、そんな嘘をついた俺など軽蔑の対象になってもおかしくない」

「そんなことは思っておりません」

エステルの返事を聞いても、彼が己を責める言葉は終わらない。

「俺など信じる価値もないと思っているのだろう?」

「決してそういうわけではありません」

エステルは頬を朱に染めて抗議した。

「そもそも、陛下こそ、わたしのことを忘れておられたのでは?」

あの日の約束は戯(たわむ)れだったのではないか、そう考えたこともあった。あのときのエステルは、しょせん田舎貴族の娘だった。実のところはヴェルン王国の王子だったマテウスにとって、エステルは他愛のない口約束につられる愚か者であったかもしれないのだ。

「忘れるなどありえない。だからこそ、俺は王になった」

真剣に言うマテウスに、エステルは首を振った。

「状況は変わりました。陛下が結婚するのは、我が国の王女であるルイーズ王女です」

エステルはそばのテーブルに置いていたクラバットのピンを手にした。ピンは黄金で鷲を象っている。鷲の目には赤い宝石が埋められていて、美しくも勇ましい。鷲のピンで彼のクラバットをまとめると、彼が固い声で訊いてくる。

「本気で言っているのか？」

「当然です」

ルイーズが彼の花嫁になるのだ。エステルではない。マテウスは両国のためにルイーズと結婚するべきなのだ。

「……俺が欲しいのは、エステルだ」

決意を秘めたような声に、エステルは顔を背けた。

「陛下はミレッテ王国の王女と政略結婚をされるのです。ただの貴族の娘など相手になさってはいけません」

我ながらひやひやするほどバッサリと拒絶してしまった。

何も言えずに立ち尽くすマテウスにコートを着せてやる。それから、少し離れて彼の身なりを確認した。

均整のとれた体軀は白いシャツを着ているだけでも凛々しく、コートを羽織っても身体の厚みを隠せない。できのよい彫像のような立ち姿に、思わず微笑みが込み上げる。

(……ますます素敵になったわ)

この二年で、凛々しさと威厳が増したような気がする。

(当たり前だわ。国王になったのだもの)

地位が人をつくると聞いたことがあるが、やはりそれは真実なのだろう。

「エステル。おかしなところがあるのか？」

「いえ、まったく。とても素敵だと思います」

うっかり感想を漏らせば、彼は目を輝かせた。

「そうか、俺の姿は素敵か」

エステルはぐっと息を喉に詰まらせた。

(しまったわ……)

こんな本音は口にしてはいけなかった。

「誰が見ても思うことを申し上げただけです」

そっけなく返答をしたあと、胸の奥がちりっと痛くなった。立派になったマテウスには、もっと温かな言葉をかけたいのに。

だが、エステルの胸の痛みなど知らぬ様子で、マテウスはうれしそうにした。

「そうか。エステルの目から見れば、俺は誰の目にもよく映るんだな」

晴れがましい表情に、エステルは一瞬呆けた。

取り澄ました顔よりも、ずっと魅力的に見えたのだ。

「では行く。あとは頼む」

「かしこまりました」

マテウスはきりっと顔を引き締めて隣室へと向かう。隣室は居間になっており、従者が控えているのだ。扉を閉める音がするまで、エステルは彼が去ったほうを見つめていた。

その日の午後、エステルはルイーズが泊まる客館に赴いた。呼びだされたのである。

客館の居間に入ると、ルイーズはソファに座っていた。そばに座るゾフィーは彼女の腕を揉んでいる。

エステルは、座るルイーズとテーブルを挟んで向かい合い、膝を曲げて礼をした。

「王女殿下、お呼びでしょうか」

複雑な感情を覚えないと言えば嘘になる。しかし、己の感情よりも彼女の機嫌を損なわないように振る舞い、大過なくこの部屋を出ることに集中しようと心に決めていた。

「……ちゃんと働いているの？」

ルイーズの質問に、大きくうなずく。

「ミレッテ王国の名を損なわぬように働いているつもりです」

「当たり前でしょう？　ミレッテの名を辱めることは、わたしの名を辱めること。そんなことになったら許さない。おまえの母親もどうなるかわからないわよ」

ルイーズの脅し文句に、エステルは唇を噛む。

（やはりそうなるのだわ）

エステルがしくじれば、ルイーズはエステルの母に危害を加えるつもりなのだ。そんなことをさせるわけにはいかない。

「王女殿下のご期待に背かないようにいたします」

「期待なんかしていないわ。それより、陛下はどうなの？　わたしのことを何かおっしゃっていた？」

ルイーズは身を乗りだし、ゾフィーもエステルに興味津々という視線を向けている。エステルは頬がひきつるのを懸命にこらえた。

『俺が欲しいのは、エステルだ』

彼の発言が脳裏に甦る。エステルは密かに焦った。

（いえ、わたしをからかっただけよ）

己に言い聞かせたものの、こんどはどう答えるか悩んだ。

「ぐずな女ね。さっさと答えなさいよ」

ルイーズに罵られ、エステルは無難な返答にしようとなんとか言葉を整えた。

「陛下は政務にお忙しく、その……王女殿下のことは何もお話しになっておられません」

答えてから、そろりと彼女の様子を窺う。怒るかと身構えたが、ルイーズは顔を歪めてふいと顔を背けた。

「……そう。政務にお忙しいの。こちらにも同じようにおっしゃって、婚礼の日取りは改めて連絡するとおっしゃったけれど……本当なのね」

ルイーズの発言に、エステルは目を丸くした。

（それでは、婚礼の日程はまだ未定なの？）

旅の途中でルイーズとフリオネ伯が話しているのを小耳に挟んだが、婚礼の日取りは到着し次第決めるという打ち合わせであったのだ。

（準備が進められないわ……）

困るというのが本音だった。できるかぎり早く終わらせてミレッテ王国に帰り、母をレントの離宮に移動させたいのに。

「陛下はご予定を決めておられないのですか？」

エステルの問いに、ゾフィーがルイーズの腕を揉みながら物憂げに応じた。

「そうなのです。こちらとしても困っておりますの」

「おまえは陛下のおそばに仕えているのだから、婚礼の日取りを早く決めていただくようにお願いしなさい」

（……マテウスに命令されて、エステルは戸惑いつつもうなずいた。

ルイーズは聞き入れてくれるかしら）

実のところ、マテウスは即位して間もない。政務に忙しいというのは、おそらく本音だろう。

（でも、直截に訊いて大丈夫かしら）

エステルと結婚したいなどと突拍子もないことを言いだしたのだ。にもかかわらず、エステルがルイーズとの結婚を急かすような発言をしたら、へそを曲げるかもしれない。

（それは困る……）

悶々と悩んでいたら、ルイーズが夢見るような顔をした。

「早く王妃の宝冠をかぶりたいわ。マテウスさまは、あんなに見栄えがいいお方だし、わたしの隣に並べても遜色ないもの」

ルイーズはマテウスに叱りつけられたことなど気にならないようだ。

（……なんとかするしかない）

ルイーズの短慮な面を考えたら、マテウスに申し訳ない気持ちはあるが、それでも結婚を進めてもらうしかない。服を着替えるための手伝いをしたり、食事時の世話をしたりする中で、うまく促さなければならない。

「かしこまりました。微力ですが、尽くします」

「いいわね。結婚の日取りを早くまとめるのよ」

エステルは膝を曲げる礼をする。

言いたいことをすべて言ってしまったのか、ルイーズはふいと横を向きエステルの存在に興味を示さなくなった。

目配せしてくるゾフィーに控えめに顎を引いてから客館を出る。

外に出て、思わず深呼吸をした。

(空気がおいしい)

ルイーズのそばにいるのは正直息苦しい。彼女の機嫌を損ねないようにしようとしても、触れてはいけない部分がどこにあるのかわからないから、ひどく緊張してしまう。

(無難に済ませたつもりでも、ルイーズが不愉快だと感じるなら責められる。どうしようもないわ)

エステルは肩を落とし、それでも宮殿へ早足で向かう。今日、マテウスは腹心の貴族との会食があるらしく、晩餐室や応接室の準備を確認しておくように頼まれたのだ。つまり、エステルはとても忙しい。

客館と宮殿の半ばまで歩いてきたところで、エステルは高い塔のそばを通った。

灰色の石を組み上げた、装飾のない塔である。入口の前には兵士がひとり立っていた。

（これが嘆きの塔）

エステルは足を止め、眉の上に手で庇（ひさし）をつくって、陽光を浴びる塔を見上げる。

（ここにマテウスの弟君が閉じ込められている）

マテウスの異母弟にして先の王たるジークは、一年前にこの塔に幽閉された。マテウスとの権力闘争に敗れたためだ。

一年と七か月前になるのか、マテウスはヴェルン王国の北方に封土（ほうど）を所有する貴族たちと結託してジークに反乱を起こした。ふたりの父である王亡きあと、長子優先の即位規定に反してジークが即位したことと南北の経済格差を放置していることを責める弾劾（だんがい）書を発布してからの挙兵だった。

ヴェルン王国は南方に石炭や鉄鉱石の採掘場がある。そのために南方の産業は発展しているが、水産業や農業が主力となっている北方は発展が滞っている。南北の経済格差は、国のひずみを引き起こしていた。

マテウスは勇猛と言われる北の精兵を率いて都に攻めのぼった。途中、敵対する貴族とは戦い、軍門に降（くだ）る者には役職を与え、一歩一歩都に近づいていった。

ジークは、敗色が濃厚になる中、内乱で兵士が死んでいく事態を避けるため、マテウスに決闘を申し込んだという。ふたりが雌雄を決し、勝ったほうが王になればいいと言ったらしい。

（そして、マテウスが勝った）

ジークは兵を、すなわち民を哀れむ度量を重んじられ、命までは奪われなかった。彼は嘆きの塔に閉じ込められ、今でもこの塔の一室に幽閉されているのだという。

（ジークさまに比べれば、わたしは自由があるだけいいのかもしれない）

エステルはジークの心の平穏を祈ってから、足早に宮殿に向かった。

その日の夕刻である。宮殿のホールには、招かれた貴族が続々と足を踏み入れていた。宝石を組み合わせたようなシャンデリアから放たれる光が、客人たちを照らしている。

マテウスの挙兵に従った古参とも言える貴族たちは、リラックスした表情で、出迎えるレオナルトと握手をしていた。

「エランド侯、お久しぶりですね。お元気そうで何よりです」

「陛下はどうだ？」

「お健やかでいらっしゃいますよ。さ、どうぞあちらへ」

レオナルトとの挨拶が済めば、侍従たちが担当の貴族を部屋に案内していく。流れるような動きを、ホールの隅に控えるエステルは目を丸くして見つめた。

（すごいわ）

今日の会食は北方の貴族たちとのもので、陳情に来た彼らから意見を聞くという意味合いがあった。政治的な色合いが濃く、そのために貴族たちは夫人を伴っていない。内々の会食のためか、男たちの姿には余裕がある。

貴族たちの顔を覚えるように言われていたから、エステルは彼らの一連の動きを観察した。どの男たちも歩き方が堂々として、雰囲気が無骨なのは、精兵を率いているせいなのだろうか。

名を口内で反芻していたら、ホールの様子がいったん落ち着く。レオナルトが近づいてきて、エステルに微笑みかけた。

「エステル。いったん下がっていいですよ」

「わかりました」

「お疲れではありませんか？」

苦笑している彼に首を横に振る。

「大丈夫です」

レオナルトはいったん言葉を切り、視線を少し迷わせたあと、声のトーンを下げた。

「あなたには申し訳ないと思っています」

その言葉だけで、かつてのことを謝罪しているのだとわかり、エステルは首を再度左右に振った。

「どうか気になさらないでください。事情があったのだと推察はできます」

敵国であるミレッテ王国まで逃れなければならない〝何か〟があったのだろう。初対面のエステルに正体を知らせなかったのも、理解できる。

「ありがとうございます。陛下は……あなたとの再会を待ち望んでおられた。そのことは信じていただきたいのです」

レオナルトの言葉に、エステルは面食らったが、おずおずとうなずいた。

「では、陛下のお着替えの準備を」

「はい」

エステルはマテウスの部屋に向かった。先に部屋に入って服の準備をしておかなければならない。階段を上って彼の居室がある階につく。周囲に誰もいないことを確認してから、いくつか並んだ扉を通り過ぎた。

だが、彼の居室の扉のノブに手をかけかけたとき、ふと人の気配がした。

階段のほうに顔を向ければ、灰色のコートを着た若者が歩いてくるのが見える。

眉尻が下がった気の弱そうな青年だった。

（誰？）

思わず身構えたとき、彼が頭の後ろを掻きながら嘆きの声を発した。

「すみません、その……これをお渡ししたくて」

彼が差しだしたのは、ハンカチーフである。エステルは思わず受け取ってしまってから、まじまじとそれを見た。

花の刺繍がされてはいるが、運針はお世辞にもうまいとは言えない。

「……これは、わたしのものではありません」

「ああ、すみません。用足しに出たあと、見つけたんです。あなたの背中が見えたものだから、てっきり落とされたのかと」

「そうですか。誰のでしょうか？」

表と裏を見比べて頭を傾げる。

名を刺繍する者もいるが、このハンカチーフにはない。

「陛下の侍女どのとお見受けしましたが、お預けしてもよろしいでしょうか？」

「ええ、かまいませんわ。持ち主を探しておきます」

「ああ、よかった。主のもとに戻らねばなりませんので」

「主とは、本日のお客さまのどなたかですか？」

身元を明らかにしたくて問うたところ、彼はうなずいた。

「急いで戻らねばなりません。よろしいですか？」

「ええ、どうぞ」

エステルが微笑めば、青年はあからさまにホッとした顔をして去って行く。

彼の背が見えなくなってから、エステルは部屋に入った。


その夜、エステルはマテウスの会食の場にまで立ち会わされる羽目になった。マテウスの斜め後ろに立って、彼の様子を窺いながら世話を焼く。

長いテーブルには正装の男たちが身分に応じて決められた席に座っている。給仕人たちが背をぴしっと伸ばして皿を運び、グラスにワインを注いでまわる姿は気持ちがいいほどきびきびしていた。

腹心の貴族たちとの会食とあって、思い出話がときおり混じり、戦勝の宴のような賑やかさだった。

「いや、あのときのベルク伯の突撃ぶりときたら、後ろで見ていてひやひやしましたぞ」

「エランド侯が寄こした伝令が何を言うかと思ったら、先行し過ぎだと告げるではありませんか。武功は譲らんと突っぱねましたぞ！」

「ベルク伯麾下の兵の精強ぶりには助けられた。とはいっても、俺も冷や汗が出たぞ」

「陛下を驚かせられたことが我が誇りですな」

酒が入ったせいか、陽気な笑い声が飛び交っている。

「それにしても、陛下があの……塔のお方との決戦を選んでくださり何よりでした」

とある若者の一言に、ボウルで手を洗っていたマテウスは動きを止める。エステルはそっと手巾を手渡したが、マテウスは一瞬笑みを強ばらせたあと、穏やかに応じた。

「……卿らの助力のおかげだ」

「いえいえ、我らは陛下のためならどこにでも馳せ参じます」

「にしても、塔のお方とはまた遠回しな言い方を。ジーク殿とでもお呼びすればいいだろう？」

エランド侯と呼ばれていた壮年の男がグラスを掲げる。

「ジーク殿の勇気に敬意をあらわして。まあ、あれは蛮勇と言うべきものだったが」

「陛下よりも頭ひとつ小さく、細いお身体で決闘を申し込むとは、なんとも愚かなことだった」

「だが、その愚かさが我らを助けたことを忘れるな。もしも、ジーク殿が王のままであったなら、南方の貴族どもが大きな顔をしたままだったのだぞ」

額をあらわにした青年――ベルク伯が拳を握って力説する。その場の面々は一斉にうなずいた。

「まったくだ。南の奴らときたら、北を蔑んでばかり。それを思えば、戦に勝ったのは、まったく胸のすくことだった」

「一時的に胸がすいたとして、それが何になる。南の奴らの頭を押さえつけ続けるためには、陛下の御代をとこしえにしなければならぬ。我らが忠義を以て陛下をお支えしなければ、いつ栄華が消え失せるかわからんぞ」

エランド侯が重々しく発言して一同を見回せば、マテウス以外の者たちが大きくうなずいた。

「みなの気持ち、ありがたく思う」

マテウスが己の腹心たちを見回して言う。

「俺が王になれたのは、卿らの助力のおかげだ。感謝している」

「陛下、何をおっしゃる――」

ベルク伯が血相を変えて立ち上がりかける。それをマテウスは手で制した。

「みなの忠誠には感謝しかない。だが、俺はこの国の王だ。南北の上に立つ王とならなければならない。それは、了承してほしい」

断言する王を貴族たちは不安そうに眺めている。

「陛下」

「むろん、そなたたちが俺の忠臣であることに変わりはない。ただ、俺は全国土に君臨する王だ。それはわかってほしい」

ひとりひとりに語りかけるマテウスに彼らはうなずく。

「陛下のお望みどおりにいたしましょう」

「北の諸問題は理解している。それを解決することが優先だと考えているのはまちがいない」

「陛下……」

貴族たちが感慨深そうにする。マテウスは席から立ち上がり、グラスを掲げた。

「俺にとって、卿らの協力はかけがえのないものだ。決しておろそかにはしない。北は俺の母の故郷だ。俺の身体には北の血が流れている」

男たちが太陽を見上げるようにマテウスを見つめている。

「だが、同時に南北が溶け合った父の血も引いている。王として王国すべての者たちに責任を負うからには、卿らだけでなく南の貴族の協力も必要だ。わかってほしい」

熱弁を振るうマテウスに、場の面々は熱を帯びたまなざしになった。王の発言に応じるように、エランド侯が立ち上がった。

「陛下のお言葉は為政者としてまことに正しいもの。我らも陛下に忠誠を尽くし、誰よりも厚くお助けすることをお誓い申し上げます」

エランド侯の言葉を聞き、触発されたように男たちが立ち上がった。

「エランド侯にだけいい顔はさせませんぞ」

「まったくだ！　我らとて、陛下を必ずお支えいたします」

誓いを聞き、マテウスが苦笑する。

「みなの気持ちはよくわかった。しかし、せっかくの内々の場だ。もっと楽しんでくれ」

男たちが顔を見合わせて呵々大笑する。

「いや、こうして集っていると、あのときを思いだして、つい」

「いけませんな。こんなふうだから、南の者たちに北の人間は野暮だとぼやかれるのですぞ」

再び明るく賑やかな声が響きだす。それを満足そうに見守るマテウスの横顔に、エステルは束の間見とれた。


会食が終わり、エステルはマテウスに命じられ彼の部屋に付き添った。

「エステル。遅くまで大変だったな」

「いえ、わたしは侍女ですので……」

エステルは彼の後ろを歩き、肩をすくめて応じる。

（そう、侍女なのよ。ねぎらいなど不要なのに）

だが、そばで働いてくれる者を気遣う気持ちがあることに安心する。

マテウスはきっとよい王になるだろう。

「それにしても、会食が盛り上がってよかったですね」

「そうだな。みな俺の即位に力を貸してくれた。その恩に報いなければならないと思っている」

マテウスの言葉は重々しかった。彼は心から恩義を感じているようだ。

「皆さまも陛下のお言葉を聞き、感激したことでしょう」

「それはどうだろうな」

お追従と解釈したのだろうか。マテウスは慎重だった。

「この国は南北で経済格差があり、それが不均衡を生んでいる。北の開発に力を入れたいが、力を入れすぎると南が不満を抱く」

思案にくれるような声に、エステルは黙って耳を傾ける。

「難しいな。まったく頭が痛い」

「……陛下のお悩みは深いのですね」

「俺の妻になるからには、こういった問題を理解してくれないと困る。王妃だからといって贅沢にふけるようでは話にならない」

マテウスの発言は、ルイーズに対する警戒心をあらわしているようだった。

彼は足を止めて振り返ると、エステルの手を握ってきた。

「おまえだったら、安心して花嫁に迎えられたんだが」

エステルは肩を揺らして彼を見上げた。

「わたしは無理です」

「俺は無理だとは思わない」

「陛下に嫁ぐのは、ルイーズ王女です」

エステルは小声で断言した。彼の部屋の前に立つ護衛が、こちらをちらちらと見てくるのが気まずい。

「ルイーズ王女は今は頼りなく見えるかもしれませんが、王妃になったら、きっと変わります」

と言いながら、エステルは気まずさを感じずにはいられなかった。

（そうなってほしいけれど……）

ロベールに溺愛され、わがまま放題に育ったルイーズに王妃としての自覚が芽生えるだろうか。マテウスの望むとおり、奢侈を避け、慎ましくやれるだろうか。

（心配だわ）

マテウスが根気強く対応してくれれば、彼女も変わるかもしれない。ルイーズだって、ヴェルン王国の王妃の宝冠は欲しいはずなのだ。

マテウスは眉間に皺を寄せて言う。

「本気でそう考えているのか？」

マテウスの問いかけに、エステルは即答できなかった。頭の中で申し訳なさが渦巻く。

「そばにいるおまえが自信を持って答えられないのに、俺がありがたがって彼女を受け入れるとでも？」

息を止めてから、小声でつぶやいた。

「すみません……」

うなだれかけたとき、足音がした。振り返れば、階段を上ってくる青年が見えた。先ほどハンカチーフを持ってきた青年とベルク伯だ。

「ああ、陛下――」

ベルク伯が安心したような声を出した瞬間、後ろを歩いている青年が突如として足を速め、エステルたちに近づく。

彼がコートの下に手を入れ、光るものを取り出したのを目にしたと同時に、マテウスがエステルの手首を引っ張り、背後に隠した。

ほぼ同じタイミングで青年がマテウスに短刀を突きだす。マテウスはとっさに左腕で胸をかばった。

刃が肉に刺さる音に、エステルは悲鳴をあげる。

「誰か！」

護衛とベルク伯が青年に殺到する。青年よりは刺客と呼ぶべき男は、マテウスの腕から短刀を抜こうとしたが、できなかった。刺客を動けなくするべく、マテウスが彼の喉を摑んで押しつぶしていたからだ。その助けを得て、護衛とベルク伯はマテウスから刺客を引きはがした。

刺客は護衛から殴り倒され、動かなくなった。

重い沈黙が落ちる。エステルはマテウスのそばに立ち、左腕の肘の近くに刺さった短刀に震える手を伸ばした。

(抜かなくては)

治療ができない。しかし、果たして抜いていいのかすらわからなかった。

護衛は刺客のそばに膝をつき、刺客の目を覗いて、首根に指を当てて脈をとっている。

マテウスは平静な顔でたずねた。

「どうだ?」

「死んでいます」

護衛は冷静さを保って答えた。

「おまえのせいではないと思うぞ。口を開けてみろ」

護衛が刺客の口を両手で開いた。とたん、苦い臭いが漂う。護衛は口内を覗いてから鼻の頭に皺を寄せた。

「……何かを嚙んだようです」

「毒でも飲んだんだろう」

マテウスは何でもないように言ってから、腕から短刀を抜いた。顔をしかめる姿に、エステルは焦った。

「医者を呼びます」

「いい。騒ぎにしたくない。ベルク伯」

呆然と刺客を見下ろしていた青年が、弾かれたように顔を上げた。

「も、申し訳ございません、陛下」

「おそらく身元を偽って卿のもとで勤めていたんだろう」

マテウスにじっと見つめられて、ベルク伯は気色ばんで答えた。

「働きだしてから一年半は経ちます！　実直に仕えていたのですが！」

「……そうか。残念だったな」

マテウスは刺客を見下ろしてため息をこぼした。それから気を取り直したようにエステルに告げる。

「悪いが薬を塗るのを手伝ってほしい」

「もちろんです」

エステルは大きくうなずいた。彼のコートの袖がどす黒く染まっていくのを見ながら、はらはらしていたのだ。床にぽたぽたと落ちる血に焦りばかりが募る。

「後片付けを頼む」

マテウスの依頼に、護衛とベルク伯が直立してうなずいた。

背を向けて部屋へ戻るマテウスに寄り添い、エステルは不安でいっぱいだった。扉を開けてやり、入室したあとはマテウスをソファに座らせる。大あわてで水差しと盥、薬をテーブルに用意した。

コートを脱ぐ彼に手を貸す。むっとする血の臭いを嗅ぎながら、赤く濡れた袖を外側に巻き込むようにして畳み、シャツの袖をまくってやる。

「医者を呼ぶべきです」

「必要ない。傷は浅い」

「でも……」

「騒ぎにしたくない。ベルク伯の立場が悪くなるのは俺が困る。数少ない味方だからな」

皮肉めいた返答に、エステルは悲しくなった。

(そもそも、ジークさまを追い落として得た玉座だもの)

王になるまでの争いの中で、多くの人間を敵にしたことだろう。マテウスが勝者になったからといって、人々の間に生まれた遺恨がすぐに消えるわけはない。

(信じられる人は少ないと考えているのかしら)

国王だからこそ、孤独を感じているのかもしれない。

「わかりました」

袖をめくって、傷をあらわにする。たくましい腕についた刺し傷は痛々しかった。エステルは彼の横に座り、盥に水を注ぎ、清潔な布を濡らして絞る。傷を拭いながら、彼の顔色を窺った。マテウスはエステルをじっと見つめている。

「な、なんですか？」

「エステルに治療をしてもらうのが、うれしくてな」

ぼそりとこぼされた返答に絶句した。

「……冗談をおっしゃっている場合ではありません」

「俺は、エステルがそばにいてくれるだけで幸せなんだぞ」

「変なことをおっしゃらないでください」

冷たく突っぱねてしまう。たとえ彼がなんと言おうと、エステルは自分の立場をわきまえなくてはならない。

（わたしは、ルイーズの結婚を見届けたら帰国しなければならないのよ）

とはいっても、こんなふうにけがをしたときに結婚の日取りを決めてくれと迫ることもできない。エステルは困惑を隠して清めた傷に薬を塗り、布を当てて包帯を巻く。

「エステルは治療がうまいな」

「ふつうのことをしているだけです。薬を塗って、包帯を巻いているだけなんですから」

「それでも、うまいのはうまいぞ」

エステルはため息を呑みこんで質問した。

「それよりも、本当にお医者さまに診てもらわなくていいんですか？」

常備してある塗り薬で対応をしたが、医者に状態を確認してもらったほうがいいのではないか。

「問題ない。戦場では、適当に治療をしていた」

「ここは戦場ではありません」

「騒ぎを大きくしたくない。刺客は、おそらく南方の貴族に依頼されたか脅かされたかしたんだろう。南方の貴族は、戦の間ジークを支援していた」

淡々と答えるから、エステルは言葉を失ってしまう。

「刺客の身元を調べさせるが、真実が明らかになるかは不明だ。ベルク伯の自作自演と攻撃されるかもしれない。ひとまず内密にしておきたいんだ」

マテウスの返答に、エステルはうなずくしかなかった。ヴェルン王国のことにエステルが口を挟むことはできない。

「では今後、包帯はわたしが替えます。ただ、傷がひどくなったら、お医者さまに知らせますからね」

マテウスが心配でたまらなかった。寂しげな表情に胸を衝かれたのだ。

「ありがとう。エステルなら、安心してまかせられる」

穏やかに告げられる感謝に、エステルは頬が熱くなるのを覚えた。信頼されていることが何よりもうれしい。マテウスはエステルの顔を覗く。

「エステルは、あのころと変わらないな。まじめでやさしくて、そばにいるとほっとする」

マテウスの青い瞳には、エステルが映っている。

（きれい……）

マテウスの瞳は、決して手に入らない宝石を思わせた。

（こんなきれいな色がルイーゼのものになるんだわ）

胸が痛くなりながらも目が離せない。

視線がからんだと思ったら、マテウスは不意にエステルの唇に自分の唇を重ねてきた。

（え？）

ついばむようなくちづけに、エステルは息を止める。

マテウスの唇はかすかに酒精の香りがした。それが不思議と不快ではなくて、自分でも驚き――とんでもないことをしていると我に返って顔を背けた。

「な、何をなさるんですか!?」

くちづけは深い仲の男女がするものだ。それをルイーズの夫となる男と交わすなんて、とんでもない裏切りだった。

「嫌なのか？」

「い、嫌と言うか……ええ、嫌です。こんなこと、してはいけない……」

エステルは唇を拭って彼から距離を取ろうとした。しかし、マテウスは痛むはずの左腕でエステルの腰を抱き寄せる。彼の腕に負担をかけられないと思えば、身動きなどできなくなった。

「俺はおまえが欲しい。他の女は要らない」

マテウスの青い瞳が熱情をたたえてエステルを射貫く。声を失って彼を見つめた。

「それは……」

「俺の気持ちは何も変わっていないんだぞ」

双眸に怒りに似た炎を宿して、彼はエステルに迫る。

（……触れられては困る）

まがりなりにもエステルはミレッテ王国の王女であり、ルイーズの姉だ。王国を裏切ることはできない。妹の未来の夫とくちづけするなどもってのほかだ。

けれど、先ほどのマテウスの寂しげな表情がエステルの脳裏にこびりついている。

動けずにいるエステルの唇をマテウスは再度ついばんだ。角度を変えて何度も重ねられる唇の柔らかさに、エステルの鼓動は否応なく高まる。

マテウスはまなざしは厳しかったのに、そっと押し当てられる唇の感触はいたわっているかのようにやさしかった。瞼を閉じて、神罰を受けるようなつもりでいたエステルは、神罰どころかめまいに似た、けれど心地よい感覚を味わってしまう。

（……わたし、どうしたのかしら）

マテウスを突き飛ばすわけにはいかないから、黙って受け止めるしかない。せめて冷静さを保とうとしたが、身体の芯がじわりと熱くなっていく。

「ん……ん……」

思わず漏れたため息は、甘い響きを伴ってしまう。そのせいか、マテウスはエステルの唇の隙間から、舌を差し入れてきた。

いきなり異物を受け入れさせられて、エステルは面食らった。しかも、マテウスの舌はエステルの舌をぬるぬると舐めだしたから、驚きはさらに大きくなる。

「ん……んんっ……！」

舌を舐められるたびに頭の中が混乱し、身体の奥が熱くなる。その熱さが奇妙に心地よく思えて、混乱はさらに深まった。

身じろぎして逃げようとしたら、マテウスは右腕一本でエステルをソファの背もたれに押しつけ、体重をかけてくる。逃げるどころか拘束がさらに深まり、舌の動きも大胆になった。

（だめ……だめ……！）

マテウスはエステルの舌を舐め尽くしたあと、歯を舌先でくすぐってくる。頬の粘膜を舐めてから、喉の奥まで犯してやりたいというように差し入れてくる。

呼吸ができなくて、エステルは涙目になった。息を奪うほどのくちづけが恐ろしい。

苦しさが極まり、マテウスの胸を必死に押した。逃げたい、逃げなければならない。

（わたしは、ミレッテ王国の王女よ）

そして、ルイーズの姉だ。ひどい不貞を働いていると思うと耐えがたい。

目を開けて、間近にいる彼を凝視した。憤りにも似た気持ちで見つめれば、マテウスはようやく唇を離してくれた。

「……やりすぎた。すまん」

「いえ……」

彼の言葉に応じつつ目を逸らした。マテウスの行為に怒りと、それと同じくらいの戸惑いを覚えていた。

場つなぎに包帯の結び目が緩んでいないか目視で確認しながらつぶやく。

「もう二度となさらないでください」

真剣に頼んだのに、マテウスはひとつ息を吸ってからはっきりと答えた。

「いやだ」

「えっ？」

顔を見ると、断固拒否だと書いてあった。

「俺はおまえが好きなんだ。だから、くちづけをするのは当たり前だ」

「な、なんですか、それは」

「それに、俺の侍女ならば、俺の要求に従うべきだ」

ぬけぬけと命じられ、エステルは眉をはねあげた。

「何をおっしゃるんですか!?　そんなこと、できるはずがありません！」

ルイーズに背くことなどできない。そんな恥知らずにはなりたくない。

「俺はおまえを妻にしたい。そのために王になったんだ」

頬にマテウスの大きな手が添えられる。エステルは困惑の中で彼を見つめた。

「あのとき、俺が言ったことを忘れたのか？」

傷ついたようなまなざしに、エステルの瞳が揺れる。

(今さら、そんなことを言われても)

状況は変わってしまったのだ。エステルはもうマテウスとは結婚できない。いや、おそらく誰の妻にもなれないだろう。

「わたしは、陛下の妻になどなりません。ご自分の立場をよくよくお考えになってください！」

エステルは彼の手を振り払って立ち上がる。

「エステル」

「失礼します」

エステルは逃げるように部屋の扉に向かい、ノブを摑んだ。

マテウスがソファから立ち上がるのを目の端で捉える。近づいて来ようとする彼を目で制したのに、マテウスはエステルの意図を無視すると決めたように冷ややかに言った。

「明日も必ず来るんだ。もしも来なかったら、ミレッテ王国がどうなるかわからないと覚悟してくれ」

エステルは言葉を失い、彼を凝視した。

「いいな」

マテウスの念押しに、エステルは唇を嚙みしめる。

（……逃げることも許されないなんて）

マテウスがこんな脅しをかけてくるなんて、信じたくない。

（離宮にいたときとは、変わってしまったの？）

あのときのマテウスは、病床にある母のことまで心配して兎を狩ってくれた。やさしい男(ひと)なのだとエステルは考えていた。

でも違うと言うのだろうか。

（……それとも、けがをして昂っているのかしら）

もしかしたら、気持ちが治まらずにいるだけなのかもしれない。

エステルはひとまず冷静になるため、距離を置くことにした。

「左腕に負担をかけないようになさってください」

エステルのつぶやきに、マテウスが驚いたように目を見張る。それを見てから部屋を辞した。

廊下にはベルク伯も護衛もいなくなっていた。だから、安心して大きな息を吐く。

（……どうしよう）

エステルはルイーズの結婚を見届けるために来た。それなのに、マテウスはぬけぬけと求愛してくる。非常識としか思えなかった。

同じ階にある部屋に戻りながら、エステルは気持ちを立て直そうとした。

（とんでもない男だわ）

記憶の中にいるかつてのマテウスと比べると、ずいぶん変わってしまったから、失望が泡のように心の表面に浮かぶ。

国王になったから、昔の彼と一緒のはずがないのかもしれないが、堂々たる姿に似つかわしくない卑劣な発言に、落胆までしてしまう。

だが、だからといって、ここで仕事を放棄するわけにはいかないのだ。エステルは内心で己を鼓舞した。

(傷の手当てが必要だもの。だから、彼のところに通わなければならないわ。不満は抱かないようにしなくちゃ。マテウスはミレッテ王国をどうにだってできるのだから)

ヴェルン王国が再びミレッテに攻め入ったらどうするのか。そんなことはさせられない。

(付け入れられないようにしなくては)

エステルは気を引き締めて歩く。くちづけの記憶にはふたをして、自室の扉を開けた。

翌日の昼。エステルは少し早い昼食を済ませて侍女たちの部屋に向かった。そこの一室にカリーナがいるというのだ。

(彼女の話を聞いてみたい)

侍女ならば要求に従えと言っていた。ということは、ふだんから侍女に無体を強いている可能性がある。

(彼はカリーナを助け起こしていた……。下手をしたら王と侍女以上の仲かもしれないわ)

もしも、マテウスが侍女に手を出すような人間ならば、彼を軽率だとたしなめることができる。

(……身を守るためにも必要なことだわ)

エステルはマテウスの発言を恐れ、また怒ってもいたが、対策を考える必要があった。カリーナがマテウスのお気に入りなら、彼女からマテウスを牽制してもらえるかもしれない。

(なんとか彼女を味方にできれば)

カリーナがマテウスを諌めてくれたら、彼も身を引くのではないか。

通りすがりの侍女に再度確認してから、エステルはカリーナの部屋と思しき扉を叩いた。耳を澄ませると、どうぞという声が聞こえた――ような気がする。

「お邪魔します」

エステルが扉を開けると、焼いた肉の香ばしい香りが立ち込めていた。

カリーナが、部屋の中央にあるテーブルの前に座り、大口を開けてフォークに刺したステーキを頬ばっている。エステルは呆気にとられて彼女を眺めた。

カリーナは口をもぐもぐさせたあと、脂でてかてかと光る唇に微笑みを浮かべた。

「いらっしゃいませ、エステルさん」

「こ、こんにちは」

カリーナは香ばしく焼けたステーキから新たな一切れを切り取って、口に運んだ。旺盛な食欲を目にして、エステルは安心していいのか、呆れていいのかわからなくなった。

「エステルさんのご用を済ませるのは、食事を終わらせてからでかまいませんかぁ？」

「ええ、どうぞ」

立って見守るエステルを気にすることなく、カリーナは悠々と食事を続ける。ステーキを平らげ、グラスに入ったワインを飲み干してから、ようやく落ち着いたような顔をした。

「それで、エステルさんはどのようなご用なのですかぁ？」

かすれた低い声がなまめかしく聞こえる。エステルは動揺しながら答えた。

「その、陛下のことをお伺いしたくて」

「陛下のこととは、どんなことですぅ？」

小首を傾げる姿には、小悪魔めいた空気が漂っていた。

睫毛がしっかりと反り返っているのも、そんな雰囲気を匂わせる。可愛らしさを前面に出す彼女に圧倒されながら答えた。

「……陛下は、その……カリーナさんと……親しく振る舞っておられましたか？」

歯切れの悪い質問だと自覚したが、案の定、カリーナも指摘してきた。

「親しい振る舞いとは、具体的にどんなことでしょう？」

唇に指を当てて、不思議そうにまばたきを繰り返す。

エステルはためらった。

（直截に打ち明けるのは……）

恥ずかしくてたまらない。

「エステルさぁん、はっきり言っていただかないと、わかりませんよぉ？」

カリーナは艶々(つやつや)した唇を不満げに尖らせる。

その様子にエステルは焦った。

「その……く、くちづけなどなさいますか？」

たずねたあと、やはり後悔した。

「す、すみません。忘れてください……」

カリーナはポカンと口を開けていた。

「くちづけ……なるほど、くちづけですかぁ。長い話になるかもしれません。どうぞお座りくださいな」

カリーナは皿をぐいっと脇によけてから、自分の正面に置いていた椅子を指さした。

おずおずと座れば、カリーナはテーブルに肘をつき、組んだ手の上に顎をのせる。

「くちづけをされたんですか？」

「え、ええ」

消え入りそうな声で答えると、カリーナは子どもっぽく唇を突きだした。

「羨(うらや)ましい。わたしは陛下とくちづけをしたことがないんですぅ」

「そうですか……」

エステルは思いっきり落ち込んだ。こんな話、彼女に打ち明けるべきではなかった。

「でも、くちづけをしたいと思ったことならありますぅ。陛下が書類を読んでいらっしゃる凛々しい横顔、部下の報告を聞くときの厳しい表情、お酒を飲んでいらっしゃるときのリラックスしたまなざし……どれもこれも、くちづけを誘う力がありますものぉ」

「はぁ……」

虚空に熱っぽい視線を飛ばすカリーナに圧倒される。

「くちづけ以外のことはされたんですか？」

「い、いえ、されていません」

「えー！　エステルさんは陛下のおそばにいて、くちづけまでされて、何も思わないんですかぁ？」

カリーナが顔を覗いてくる。

「何も思わない、とは？」

「抱かれたいと思わないんですかぁ」

カリーナは上目遣いにエステルを見る。エステルは頬に朱を立ち上らせた。

「だ、だ、抱かれたい!?」

「ええ、そうですぅ。陛下のたくましい肉体に組み伏せられてみたいと思わないんですかぁ？　ベッドに背を押しつけられて、その細腰を摑まれて、陛下のアレを根元まで呑み込みたいとは考えないんですかぁ？」

硬直するエステルをよそに、カリーナは残念そうに首を振った。

「わたしはいっつもそんな妄想をしちゃうんですぅ。陛下と一緒にベッドに潜って、肉体と肉体をぶつけ合いたいなぁって。陛下に激しく貫かれて、身悶(みもだ)えしたいんですよぉ」

「身悶え……」

「そうですぅ。男女の仲になりたくないんですか？　きっとすっごく気持ちがいいはずですよぉ？　エステルさんがお願いしたら、陛下はすぐに了承なさるはずですけど」

「お願いなどしません！」

エステルは顔を真っ赤にして立ち上がった。非常識にもほどがある。

「あなたから陛下に無体を制していただこうと思いましたが、わたしが愚かでした。失礼します！」

「あ、待ってください！」

カリーナは髪を払いながら立ち上がる。肩をすくめて朱唇(しゅしん)の端を持ち上げた。

「わたしは侍女ですよ。そもそも、陛下を制するなんて無理ですぅ」

発言はもっともで、エステルは反論できなくなった。カリーナは大切にされているし、本人もマテウスに抱かれたいと言うほど彼に好意を寄せているようだが、身分をわきまえているのだろう。

カリーナはにっこりと友好的に微笑んだ。

「お座りくださいな、エステルさん」

エステルはおとなしく椅子に腰かける。カリーナも椅子に座り、首を傾げた。

「そんなにお怒りになる必要はないと思いますけど。身分の高い男性は、妻以外に愛妾を持つものですよ。あなたの国の国王陛下が一番証明していらっしゃると思いますけどぉ」

痛いところを指摘され、エステルは唇を引き結んだ。ルイーズはロベールの愛妾の娘だ。

「王女殿下が正妻になったとしても、別にかまわないと思うんですよねぇ。エステルさんは、愛妾になればいいいんですからぁ。陛下だったら、おふたりとも一緒に満足させられると思いますよぉ」

カリーナの発言に、エステルは頭を抱えたくなった。

（そんなこと、できるはずがないわ）

父の愛妾の存在に、母は苦痛を味わわされた。それを目の当たりにしていたエステルが、のうのうと愛妾に収まれるはずがない。

（そもそも、ルイーズが許しはしないわ）

彼女はエステルを心底嫌っているのだ。

「……わたしには無理です」

「うーん。それって愛妾より妻のほうがいいってことですかぁ？　いざとなったら、正式な誓約に勝るものはないと思っていらっしゃるとか？」

教会で結婚するということは、神の前で一生を共に過ごすと誓うことだ。神の前で結んだ誓約は容易に断ち切ってはいけないとされており、離婚は聖職者もめったに認めないものだった。だからこそ、父に離婚を迫られた母は、拒否したのである。

「そういう意味では……」

「でしたら、陛下におっしゃればいいんですよぉ。王女殿下ではなくわたしを妻にしてくれと」

エステルは絶句した。

（そんなこと言えるはずがないわ）

母がどんな扱いをされるかわからない。もしかしたら殺されてしまうかもしれないのに。それに、ルイーズの結婚相手を奪うなんて、恥知らずな行いなどしたくない。

「……わたしにはできません」

膝の上に置いた両手を拳にする。父やルイーズに傷つけられてきたからこそ、誰かを傷つける生き方はしたくない。

「エステルさんったら、ご立派なことですねぇ。王女殿下とは大違いですぅ」

カリーナの言葉には皮肉が満ちている。

「もしも王女殿下とあなたが逆の立場だったら、王女殿下は喜んで愛妾になりそうですよ？」

エステルは喉の奥に息を詰まらせた。

（……カリーナさんは、ルイーズに辛辣だわ）

カリーナはルイーズに突き飛ばされたのだ。どうしても批判的になるのだろうが。

(そうよ、突き飛ばされたのだけれど……)

頭に浮かんだ疑問をそのまま口にしてしまう。

「そういえば、カリーナさんは、お身体は大丈夫なのですか?」

ステーキを口いっぱいに頬ばっていたし、実は快癒(かいゆ)しているのではないか。

ところが、カリーナは己を抱いてぶるりと身震いした。

「痛くて痛くてたまりません。食事をするだけで精一杯ですぅ」

「え」

とってつけたような言い訳に、エステルは怒ることもできなくなった。

「でも、お元気そう——」

「いいえ、元気ではありません。食事を摂(と)ったら、すぐ寝る日々なんですぅ」

カリーナはいそいそと立ち上がった。

「わたし、今から寝ます。というわけで、エステルさん、どうかお帰りくださいな」

「ええっ」

いきなり追い出しにかかるから、エステルは目を剝いた。

「あの、カリーナさん?」

「お話はこれまででーす。わたしは休まなければなりませんので」

ぴしゃりと言われたら、もうどうしようもない。エステルは仕方なしに立ち上がった。

「……お大事になさってください」

「エステルさんこそご自愛くださいな」

カリーナは艶やかな笑みを浮かべてから付け足した。

「もしも、何か変化があったら、また話をしに来てくださいね」

「……わかりました」

迫力に押されてうなずく。彼女は小さく手を振った。

「がんばってくださいませ、エステルさん」

本気か冗談かわからぬ仕草に、エステルは戸惑いながらうなずき、扉に向かった。


その夜、エステルはマテウスに頼まれ、三人分のコーヒーをトレイにのせ執務室に赴いた。

執務室に入れば、マテウスがソファに座っていた。コートを脱ぎ、シャツだけになったラフな姿だ。低いテーブルを挟んで座っているベルク伯はうなだれ、エランド侯は彼の肩を叩いていた。

「仕方ないではないか。そなたはまだ若い。よく働く従者に気を緩めるのもわかる」

「しかし、エランド侯。あの男を刺客と知らずに重用した結果が陛下のおけがです。奴は偶然を装って城の者に近づいては情報を得ようとしていたようです」

「はなから刺客だったのではなく、刺客に転じたのかもしれぬ。幸いにして陛下は深手を負わずに済んだ。これからは、せいぜい気をつけることだな」

壮年のエランド侯が若人を慰める姿を、マテウスは心なしか温かなまなざしで眺めている。

「エランド侯の言うとおりだ。それよりも、ベルク伯の領地の生育はどうなんだ」

「小麦の生育でしたら、不調です。病気で全滅した畑もあり、弱ったことです」

ベルク伯は頭を抱えている。

「頭を抱えている場合ではあるまい。なんとか民に飯を食わせねば次の生産もできぬし、場合によっては農民たちが逃げてしまうぞ」

マテウスが助け船を出した。

「ベルク伯のもとにはこちらから調査を出す。小麦の生育の状況と備蓄量を確認してから、援助を考える」

「陛下の寛大なお心に感謝します」

話が一段落したところで、エステルは各人にコーヒーを出した。香り高いコーヒーなのに、エランド侯はカップを手にがっかりした顔をする。

「酒ではないのですな」

「酒など飲んでいる場合ではないでしょう、エランド侯」

ベルク伯にたしなめられ、エランド侯は照れ笑いをした。

「いや、そうなのだが」

「それよりもあの刺客が南の貴族の手の者だったら、最終的な狙いはジーク殿下を復位させることかと存じます」

ベルク伯はカップを手にすることなく身を乗りだした。

「陛下。ジーク殿下をいつまで生かしておくのですか？」

マテウスの脱いでいたコートを手に隣室に行こうとしたエステルは、思わず足を止めた。

「ジークは復位を持ちかけられても断るはずだ」

「しかし……」

「かつては敵として戦うことになったが、それでも、あいつのことを弟だと思っている。弟の命を奪うのは忍びない」

マテウスは淡々とした顔でコーヒーを飲む。

ベルク伯とエランド侯は顔を見合わせてから、マテウスに迫った。

「陛下。陛下のお母上が薨去されてからジーク殿下の母上が後妻となりましたが、ジーク殿下の母上は陛下をどう扱いましたか？　刺客を放って陛下のお命を幼いころから狙い、陛下は旅をしながら学ぶという名目で国中を転々とするしかなくなった。三年前には、危うくお命を落とすところだったでしょうに」

ベルク伯の言葉に、エステルは目を見張った。

（では、あのときの傷は、ジーク殿下のお母上が放った刺客によってつけられたもの……？）

おそらく彼らが偽名を告げて助けを求めたのは、エステルの身元がよくわからなかったためだろう。

「さよう。ジーク殿下のお母上は亡くなったとはいっても、陛下が傷つけられてきたことは変わらん。ジーク殿下を生かしておくのは禍のもととなるかもしれません。ご決断が必要では？」

エランド侯に選択を迫られ、マテウスはカップをテーブルに置いた。

「ジークを殺すつもりはない。あいつには野心がない」

「しかし……」

「ジークを塔に閉じ込めているのは、俺の近くに置いて見張っておくためだ。南の貴族に対して、あいつは俺の手の中にいて、いつでも殺せると示す意味もある」

マテウスはふたりを見比べて主張する。

「俺はジークをいつでも殺せる。しかし、今は殺すべきときではないと考える。人を道具と考えるなら、使いどきをまちがわないことが重要だ。違うか？」

マテウスがふたりを見比べる。ベルク伯とエランド侯はまたもや互いに顔を見合わせてから、うなずいた。

「陛下がそうおっしゃるならば、我々も承知するほかございません」

「ふたりの心配はありがたく思っている」

「陛下のそのお言葉だけで十分です」

そこで、エランド侯が立ち上がった。

「さて、年寄りは失礼します」

「何が年寄りですか。まだ、お若いでしょうに」

ベルク伯の世辞に、エランド侯が笑った。

「正確に言えば、酒が飲みたい。ベルク伯に付き合ってもらおうか」

「承知しました」

ふたりはまじめな話から一転、表情を明るくした。

「ベルク伯の愚痴（ぐち）を聞かねばならんからな。酒の力を借りて、パッと告白してしまうがいい」

「こちらこそエランド侯のお話をじっくり聞かせていただきたいと思います。奥方とご令嬢に、履いていた靴下を捨てられた話などを――」

「やめんか。酒がまずくなるではないか」

ふたりはマテウスに別れの挨拶を告げると、さっきまでの重たい空気を振り払うかのように賑やかに出て行った。

エステルはクローゼットにコートをしまってからマテウスのそばに戻った。マテウスは膝に肘をついて、テーブルの上のコーヒーの表面をぼんやりと眺めている。

「お疲れですか？」

エステルの質問に、彼は弾かれたように顔を上げる。

「ああ、少しな」

「お休みになられては。お風呂の用意をさせました」

風呂に湯を張るよう侍女たちに頼んでおいたのだ。

「助かる」

「では、お風呂が済んでから治療をいたします」

エステルが言うと、マテウスは斜めに見上げてきた。

「包帯をひとりではほどけない。風呂場まで来て手伝ってくれ」

「はい……」

風呂場にまで付き合うのは、正直気が重い。しかし、彼に要求をされればなんでも手伝うのが侍女の役目だろう。

(意識するのがおかしいのよ。確かに、お手伝いは必要だもの)

平静さを保ち、何事もないように応対すればいい。

「お供いたします」

マテウスの後ろについて部屋を出て行く。護衛がふたりの前につき、静まり返った廊下を歩いて風呂場に向かう。

数代前の王が珍しくも風呂好きであったらしく、この宮殿の浴室は異国の様式を取り入れた豪華なものだった。

浴室の手前にある脱衣所の床には、色石を組み合わせてライラックや薔薇を咲かせている。壁にも幾何学模様が描かれて、びっくりするほど美しく装飾されているが、そこにふたりで入るのは気まずい以外の何物でもなかった。高いところに蝋燭(ろうそく)の火がついていて、妙になまめかしい光が落ちている。

灯火(とうか)の下で、マテウスは躊躇(ちゅうちょ)なくシャツを脱いだ。その下に着ている肌着にエステルは驚いた。

「それは……」

彼が離宮を出立する日に手渡したものだ。それをまだ使っているのだ。

「おまえがくれたものだ」

「まだ着ていらっしゃるのですか？」

エステルの問いに、彼は心外だと言わんばかりに眉をはねあげた。

「当たり前だろう、宝物なんだから」

堂々と告げられて、頬が熱くなった。

「そうですか……」

宝物と言われれば、うれしくてたまらなくなる。しかし――。

「脱ぐのが惜しいくらいだ」

大切そうに肌着を撫でる彼に、思わず冷静に指摘してしまった。

「脱がないと入浴できないと思います」

気持ちはありがたいけれど、仕事が終わらないのは困る。

「俺の気持ちがわかってない……」

マテウスがぶつぶつと言うが、エステルは左に立って傷の具合を確かめようとした。

包帯の結び目をほどこうとするものの、なかなかほどけない。

(固くしすぎたわ……)

昨日の自分に心の中で恨み言をつぶやく。なぜさっさとほどけるくらいに緩めておかなかったのか。

見たくもないのにマテウスの半裸が目に入るのも集中を阻害(そがい)する。

厚みのある胸板や引き締まった腹部。二の腕などはエステルの首くらいの太さがありそうだ。

(見ない、見ない)

そう言い聞かせていたら、その声の隙間からカリーナのささやきが脳裏に響いた。

『エステルさんは、陛下に抱かれたいとは思わないんですかぁ？』

とたんに、熱湯を体内に注ぎ込まれたように身体が熱くなる。

「エステル、どうした？」

怪訝そうにたずねられ、エステルはあわてて首を振った。

「な、なんでもありません。ただ、この結び目が固くて……」

言い訳を口にしたとたん緩んだ。エステルは結び目をほどき、包帯を取り去って、当てていた布をはずす。傷の周囲の肉が盛り上がっているから治りつつあるのは確かだ。しかし、ひとりで風呂に入るには不便そうだし、お湯を直接流すには痛々しい。

「一応、包帯を巻きますね。入浴が終わったら、新しいものに交換しますから」

マテウスは傷をチラリと見てからエステルに命令した。

「手伝ってくれ」

「は、はい？」

間抜けな応答をしたが、彼の表情はぴくりとも動かなかった。

「こんな傷があっては、身体を洗うのに不便だ」

まっとうな主張に、エステルは唇を引き結んだ。

（どうしよう……）

とはいっても、さすがに断固拒否するべき要求だ。いくら侍女でもこんなことはしないだろう。

しかし、マテウスはうつむくエステルの顔を下から覗いてきた。

「手伝ってくれないのか、エステル。腕を痛めている俺に、ひとりで風呂に入れと?」

エステルはぐっと息を詰まらせた。

(そ、それはそうだけれど……)

気の毒だと思うし、難しいだろうとも思う。

(だけど、そんな……)

抵抗を捨てきれずにいると、マテウスがさらに言葉を重ねてくる。

「エステルが手伝ってくれれば、助かるんだが……」

一歩引いたような物言いに、エステルは弱ってしまう。

(……けが人を手伝わないのは、情がない気もするわ)

母を思いだすと、弱った人を助けるのは当然だという考えに至る。

「……わかりました」

エステルは再度包帯を巻く。

マテウスが自身の腰のベルトに手をかけたから、エステルは背を向け、自分の姿を見回した。

(服を着たままだとびしょ濡れになってしまいそうだわ)

かといって、脱ぎたくはない。

悶々と考えていたら、マテウスが背後から肩を摑んだ。

耳に親切そうなささやきを吹き込んでくる。

「手伝おうか？」

「な、何をですか？」

「おまえが服を脱ぐのをだ」

「え!?」

脱衣所に響くほど叫んでしまったが、彼は冷静そのものだった。

「当然だ。ヴェルン王国のきまりだ」

「き、きまり？」

「そうだ。この浴場をつくった王は、ここに入るときは必ず裸体になるようにと決めた。男も女も生まれたままの姿になり、心を無にして湯を浴びろと。ここでは邪念を捨てなければならないんだ。俺はそのきまりを守らなければならない」

熱弁されて、エステルは面食らった。

(そ、そういうものなの？)

戸惑っているエステルに、マテウスは畳みかけてくる。

「おまえも今はヴェルン王国の侍女だ。だから、この国のきまりに従ってもらわなければならない」

そう言われたら、浮かんだ反論が言い訳にしか思えなくなった。

「わかったなら、俺が手伝おう」

マテウスがエプロンの結び目をほどきだす。エプロンは背中に結び目があるから、ほどくのは簡単だ。

「ま、待ってください。自分で脱ぎます！」

エステルは混乱の中で叫んだ。

彼に脱がされるなら、自分で脱いだほうがましだ。

「遠慮するな。手伝うぞ？」

「いえ、自分で脱ぎます！」

エステルは半泣きで自分の服を脱ぎだす。まずはエプロンをはずし、ドレスのボタンをはずしていく。

お仕着せは実に簡単な構造をしている。紺のドレスは前にボタンがついているから脱着は容易だ。コルセットも簡易のつくりで、自分ひとりで脱着できるものだ。

マテウスの視線を感じ、エステルは涙目で彼を振り返った。

「先に浴室に入っていてください！」

脱いでいる姿を見られるなんて、恥ずかしくて死にそうだった。

「俺は国王だぞ……」

「国王だろうがなんだろうが関係ありません。とにかく先に浴室に行ってください！」

我ながら失礼極まりないことを言ってしまったとも思うが、仕方なかった。自分の裸など誰かに見せたことはない。

マテウスが浴室に去った物音がする。

エステルは耳で湯が流れる音を拾ってから、ドレスを肩から落とした。コルセットやドロワーズも脱いでしまえば、生まれたままの自分の姿があらわれる。

熟した林檎のように丸い胸と桜桃の実のような先端。腰のくびれは自然で、蜂のように細いことが尊ばれるミレッテ王国では決して魅力的ではない。

心臓がどくどくと大きな音を立てて動いているのがわかる。

（早く済ませてしまおう）

エステルは雲の上を歩いている心地で浴室に向かった。彼の身体をさっさと清めて、離れてしまうのだ。

（そうしないと身が持たないわ）

おかしなことばかりをされて、心がかき乱され続けている。離宮でずっと変わりばえのない生活を送っていたから、こう変化ばかりが起きるとついていけないという気がするのだ。

（とにかくマテウスをきれいにしたら、すぐに離れる……）

心の中で懸命につぶやいて、浴室の扉を開ける。ガラスを嵌めた扉を開ければ、暖かな空気と薔薇の精油の香りに包まれた。

大理石の浴槽や、色とりどりのタイル張りの床。初めて見る豪勢な空間がまばゆく、目がチカチカとする。

「ああ、やっと来たな」

タイルにあぐらをかいているマテウスが待ちかねたという声を出した。

「ま、待っていたのですか？」

「当たり前だ。おまえの手を借りないといけないんだから」

子どもみたいに唇を尖らせている。まっすぐに見られて、エステルは恥ずかしさのあまりめまいがした。

（倒れちゃだめよ）

己に言い聞かせる。意識でも失ったら、裸身をじっくりと検分されるに違いない。

往生際も悪く、胸と下を腕で隠しながら彼に近づいた。マテウスが興味津々という視線を浴びせてくる。

「……きれいだな」

「は、はい？」

「エステルの裸は女神のようだ」

率直な称賛に、エステルは羞恥で全身が熱くなった。

「め、女神だなんて……」

「すごくきれいだと褒めているんだぞ？」

「は、はい。ありがとうございます」

もはやこの応答が的確なのかもわからない。エステルはおずおずと彼に近づき、タイルに膝をついた。

「あの、洗います……」

とにかく早く仕事を終えて彼のそばから去る。それがエステルの目標だった。

「ああ、頼む」

手渡された布にオリーブ油の石鹸（せっけん）をこすりつける。石鹸の清潔な香りと薔薇の華やかな香りが混じりあった。

（こんなことになるなんて……）

そう思いもするが、気を取り直し、できるかぎり泡立ててから、マテウスの背中をこする。

（……あちらこちらに傷痕があるわ）

刃物で刺されたり、斬られたりした痕が無数に散っている。

（刺客につけられた痕かしら）

そもそも、昨日、刺客が襲ってきたときもまったく驚いた様子がなかった。その理由は明白だ。

(慣れているんだわ)

あまりに経験がありすぎて、なんとも思わなくなっているのだろう。それは悲惨なことなのに。

「……痛くありませんでしたか?」

「腕の傷か? それなら、たいしたことはないぞ」

平然とした声音が想像を裏付ける。

「いえ、その……傷痕が多いので」

「ああ、それか」

マテウスはしばらく押し黙った。エステルは右腕をこすりながら彼の返事を待つ。

「まあ、当時は痛かったはずだ」

「当然です」

「ジークの母上はジークを国王にしたがっていた。俺が邪魔で仕方なかったんだろう。その結果が全身の傷だ」

「……ジーク殿下のお母さまは、ひどい方です」

そんなに王位につかせたくないなら、マテウスと穏便に交渉すればよかったのに。

「……ジークの母上はもう死んでいる。俺がジークを塔に閉じ込めたあと、悲嘆にくれて自害した」

タイルに視線を落とすマテウスは、なぜだか心が傷ついているようだった。

「だから、今さら何を言ってもどうしようもない」

マテウスがつらそうで、エステルは彼の横顔を見つめた。

「……陛下が悪いわけではありません」

権力は常に王家の者を争わせ、互いに憎み合わせる。

(ミレッテ王国だって同じだわ)

ルイーズたちが母やエステルを迫害するのも、正妻の立場が欲しいからだ。

マテウスはエステルと向かい合った。

「そうかな」

「そうです」

エステルはマテウスを励ましたかった。

ジークの母の死まで背負おうとしたら、きっと心が持たなくなると危ぶんだのだ。

「では、俺の身体に隅々まで触れて清めてくれ」

赤裸々なマテウスの要望に、エステルは目を丸くした。

「は、はい？」

今の話の流れで、なぜそんなことになるのだろう。

「エステルが清めてくれるなら、俺は元気になる」

「で、ですが……」

身体の隅々という指示に、彼の下半身に視線を向け――すぐに逸らした。

（……とんでもないことよ）

あれを洗えというのだろうか。

「大事なところもすべて洗ってほしい」

マテウスが股間を指さして要求する。

エステルはもう一度目の端でそれを見る。

股の間になにやら天を向いている異様なモノがある。赤黒い色は鎌首を持ち上げた立派な蛇に見える。

（これが男の剣というものなのかしら）

カリーナがそう言っていたし、子どものころに王宮に置いてあった裸体の男の像を見たときに誰かが教えてくれたのだ。あれは男根というもので、女は持たないモノなのだと。

（……見てはいけない）

エステルは直視しないようにしながらマテウスの様子を窺った。

「おまえが手伝ってくれないと、いつまでもきれいにならない。エステル、やってくれ」

マテウスは真顔である。本気か冗談かわからない。

彼はエステルが布を持っている手を摑んで、強引に自身の胸をこすりだした。エステルは自分でやるという意志を示すため、力を入れて身体をこすりだす。

マテウスの太い首を、鎖骨を、分厚い盾のような胸を、煉瓦(れんが)を組んだように割れた腹を、布で丁寧にこすってやる。

それから、とうとう彼の男根を洗う。根本を覆うごわごわとした叢(くさむら)を白くし、赤黒い男根を泡で覆った。

そうすれば、生々しい姿を見ずに済むと思ったのだ。泡で隠してしまえば、どうってことはないはずだ。

「……いやに熱心だな」

マテウスに指摘され、エステルは目を見張った。

「ね、熱心ではありません！　仕方なくやっているのに！」

エステルの否定に、彼は眉尻を下げた。

「仕方なく……」

「そうですわ。見たくないから、懸命に泡で隠しているんです！」

エステルが力説すると、彼が悲しげになった。

「……使いたいから、そんなに洗っているのかと思った」

言葉を詰まらせる。そんなふうに解釈されるとは想像もしなかった。

「……変なことをおっしゃらないでください」

「変なことか？」

「そうです。使いません、そんなものは」

言ったあとで、失言だと気づいた。

マテウスは無言でエステルを抱き寄せた。彼の肩に頭を寄せる形になり、エステルの心音が異様に大きくなる。

「お礼に俺がおまえを洗ってやろう」

「えっ!?」

マテウスはエステルの手から布を奪い、エステルの背をこすってきた。くすぐったくて、甲高い悲鳴をあげる。

「おやめください！」

「気持ちよさそうじゃないか」

「気持ちよくありません。くすぐったいだけで――」

「それを気持ちよいと言うんじゃないのか？」

マテウスはエステルの背をこすってしまうと、こんどはエステルの身体を少し離した。

真正面から見つめあうと、心音が高らかに鳴る。

「やっぱりきれいな裸だな」

マテウスがにやにやと笑う。エステルは呆気にとられたあと、眉を吊り上げた。

「もう終わりにしましょう」

下品ないたずらに、いつまでも付き合ってはいられない。

エステルは浴槽から湯をすくうと、彼の肩からかけてやる。

せっかく泡で隠した男根がまた姿をあらわしてしまうが、知るものかという気持ちになっていた。

だが、泡を流してしまったあと距離を置こうとしたら、またもや抱きすくめられる。

「陛下！」

いたずらばかりする子をたしなめるように叫んだが、マテウスは耳元で熱っぽくささやいた。

「俺はおまえが好きなんだ」

心臓を摑まれた気になった。告白されても、どうにもならないというのに。

「おまえを妻にしたい」

ささやきに胸が痛くなる。

（もうわたしの心を乱さないで）

これ以上追いつめられたら、彼にすがりそうになる。

誰も裏切りたくないのだ。

「……ルイーズ王女との結婚の日取りはいつになさいますか？」

冷静になってほしくてたずねたら、身体を離した彼が顔を強ばらせた。

「エステル」

「陛下と結婚するのは、ルイーズ王女です」

容赦なく現実を突きつけて、夢想に似た発言を止めようとしたのに、マテウスは何を思ったのか、エステルにくちづけしてきた。

舌を差し入れられて、めまいがする。

マテウスはエステルの舌を念入りに舐めてくる。先端から奥まで舐められて、身体の芯が熱くなった。

強引にくちづけをしてきながら、マテウスは体重をかけてエステルをタイルに押し倒す。

ひんやりとしたタイルとマテウスの熱い身体に挟まれて、鼓動が跳ねた。

「ん……んんっ……」

マテウスはエステルの口内を散々になぶった。

歯をくすぐり、上顎や頬の粘膜を舌先で攻撃する。呼吸が止まるほどのくちづけから逃げようと身をよじるが、まったく逃げられない。

マテウスはくちづけを続けながら、乳房を揉んできた。両手で下からすくうように持ち上げられ、先端を押し回される。

「ふ……ふぅっ……」

初めて胸に触れられて、大混乱に陥る。だが、エステルをもっと混乱させたのは、彼の手の感触の気持ちよさだった。マテウスの手は大きくて骨ばっている。その手が肌を滑るたびに腰が震えるような感触が生まれていた。

（だめ……こんな……）

気持ちいいと思いたくない。しかし、双乳をこねるように揉まれ、乳首を乳暈からつまみだされれば、心地のよさに頭の中がじんと痺れる。

「ふ……ふうっ……」

マテウスはエステルの口内を舌でまさぐりながら、容赦なく乳房を揉んでいる。決してしてはいけない行為なのに、エステルの肌は上気していくばかりだ。

「……エステル」

マテウスはくちづけをやめると、反応を確かめるように顔を覗いてくる。

「……陛下、あんまりです。やめてください」

涙でかすむ目で睨んだが、彼は満足そうに微笑む。

「よかった、気持ちよさそうだ」

全身で羞恥を感じながら、首を左右に振った。

「き、気持ちよくなんかありません」

「嘘をつけ。俺に触れられて、快楽を得ているはずだ」

「か、快楽……」

信じがたい言葉に、激しく動揺した。

(快楽なんて、感じてはいけないことなのに……)

自制がきかない肉体に失望してしまう。

「悪いことじゃない。エステルが気持ちよくなってくれているなら、俺はうれしい」

マテウスは乳房をゆったりと揉みながらつぶやいた。我慢しなくてはと思うのに、唇から漏れる息は官能を帯びている。

「だめ……だめです……やめて……」

「そんなに色っぽく拒否しても、俺の手は止められないぞ」

マテウスは喉にくちづけを落としてから、鎖骨に唇を這わせてきた。柔らかな唇が肌をかすめていく感触に背が跳ねてしまう。

「もう、やめてください……!」

形を変えるほど胸を揉まれて、恥ずかしさと罪悪感に涙が盛り上がる。

しかし、マテウスはエステルの懇願を聞いても、行為をやめてくれなかった。

それどころか、ぷくりと尖った乳首を口に含んで、吸い立ててくる。

「くっ……！」

マテウスは頂を吸い、舌で巻き込んでくる。温かな口内で湿った舌をからめられれば、鋭敏になった乳首が快感を生み出した。

「あ、あっ……だめっ……」

下腹が奇妙にうずきだして、エステルは内股をこすり合わせた。

（いや、なぜ、こんなふうになるの？）

身体が勝手に熱くなるし、おかしなところが快美な刺激を得ている。強引に触れられたら、もっと不快な思いをするはずだ。それなのに、エステルは心地よさにあえいでいる。

深呼吸をしても、湯の熱気にあてられているせいなのか、身体も心も冷えてくれない。

「んんっ……」

マテウスはちゅくちゅくと音を立てて乳暈から吸っている。そうしながら、右手は身体の線を辿っていった。

腰にくだった手はくびれを撫で、へそのくぼみで円を描く。

「や……やっ……」

くすぐったさに身をよじるが、彼の手は止まらない。下腹の繋みを撫でられて、羞恥と危機感に悲鳴をあげた。

「そ、そこはだめ……」

「ここから下に俺は触れたいんだが」

「だめです。陛下、わたしは、こんなことしたくないのです」

さすがにこれ以上触れられるのは耐えがたかった。戯れでは済まされなくなってしまう。

「残念だが、俺はこんなことをしたいんだ」

マテウスの手がなだらかな恥丘から狭間に潜り込む。一撫でされたら、腰が揺れてしまった。

「ああっ……」

ろくに見たこともないところを指が往復する。恥ずかしさと同じくらいに甘美な刺激を得てしまう。

「はぁ……はぁっ……」

狭間を守っていたはずの花びらを押し開かれて、月に一度血が流れでる孔をこすられる。

他人に触れられたことがない部分を刺激され、背をそらした。

「や……いや……」

彼がこすりたてるたびに、もどかしいような快感が生まれる。加えて、なんだか濡れているようなのも気にかかった。

（なぜかしら……）

粗相でもしたのだろうかと不安になる。マテウスはともすれば閉じかける股を開いて、触れているところを覗いた。

「エステル、ちゃんと濡れてるぞ。よかった、やはりおまえも気持ちいいんだな」

安心したように言われ、思わず問い返した。

「濡れているのはいいことなのですか？」

「もちろんいいことに決まっている。エステルが俺の指に悦んでくれているとわかるわけだから」

そんなふうに話しながら、指を孔の上で押し回す。ため息がこぼれるほど心地いい。

「はぁ……はっ……はぁ……」

「エステル。おまえをもっと悦ばせたい」

マテウスは指をついっと動かして、尿道口の上にあるつけねに指を潜らせた。きゅっとひねられただけで、たちまち鋭敏な快感が生まれる。

「あっ……ああっ……いやっ……」

「ほら、ここはすごくよくなるはずだ」

指先で転がされると、勝手に腰が跳ねるような強烈な快感が生まれる。初めて味わう感覚に振り回され、エステルはあえぎをこらえることもできなくなった。

「あ……ああっ……だめ……だめっ……」

腰を揺らしながら、初めて味わう刺激をこらえようとする。しかし、エステルが全身を震わせて訴えても、マテウスの指は止まらない。くりくりといじられれば、顎をそらして声を漏らす。

「い……いや……やぁっ……」

「ああ、やっぱり気持ちいいんだな。エステル、もっとよがってくれ。俺が欲しくてたまらなくなるほどに」

下肢の刺激で、乳房の頂は開花する寸前の蕾のように膨れてしまう。それを指先でねじりながら、快感の粒をこねまわされる。

腕に傷を負っているはずなのに、マテウスの指の動きにはなんの支障もない。感じるところを同時に愛撫され、エステルは腹の奥にたまった熱が膨張していくような錯覚を覚えた。

「あ……だめ……変……変に……」

この熱が弾けてしまったら、とんでもないことになると思えてならなかった。しかし、マテウスはエステルの悲鳴を聞いても、うれしそうにするばかりだった。

「エステル、変になっていいんだ。気持ちよくなって、本心をあらわにしてくれ」

心臓をぎゅっと摑まれた気になる。

エステルの本心とは何なのだろう。

（わたしの……本当の気持ち……）

そんなものはあらわにしたくない。きっと、醜くて汚いものだから。

「いや……ああっ……だめっ……」

性感帯を刺激され続けて、腰が浮きあがる。身体の中にたまった熱がとうとう破裂する。

脳天まで突き抜ける光は、初めて味わう感覚を全身に広げる。満たされ、愛されたという感慨が胸に満ちていく。

甘美な陶酔に胸を上下させていたら、マテウスがエステルを抱きしめた。

「エステル……」

マテウスに抱きしめられ、エステルは図らずも幸福感を覚えてしまった。

(あの日、マテウスと一緒に離宮を去っていたら……)

ミレッテ王国の王女など単なる肩書きに過ぎない。王宮から追い出され、王女としては誰にも望まれていないのだ。

(……いいえ、だめよ。わたしにはお母さまがいる……)

母を王妃という本来の身分に戻したい。

(悔しい、悲しい思いから解放したい)

そのためには、ミレッテ王国に帰ってロベールと交渉する必要がある。

エステルは彼の腕を振り払った。

「……満足なさいましたか？」

声を、そして心を凍りつかせて告げれば、マテウスは目を見張った。

「エステル」

「侍女とのお遊びはここまでです」

力の抜けた彼の腕から逃げるべく半身を起こした。

「エステル、俺は」

「わたしは陛下の侍女です。ですから、できるだけのことはします」

艶めいた空気が消えていくのがわかる。これでいいのだと勇気を得て、エステルは彼から目を逸らしながら言った。

「でも、わたしはあくまでも侍女です。陛下と結ばれるのは、別の方です」

マテウスが低い声でつぶやく。

「おまえが望むなら、俺はどんなことでもするぞ」

エステルは怯む心をこらえて答えた。

「何も望んではいません。どうか、ルイーズ王女との結婚の日取りをお決めになってください」

マテウスは返事をしない。ふたりで生んだ熱が消えていけば、身体は冷えていくだけだ。

エステルは彼の肩に湯をかけてやり、自分の身体にも湯を浴びせた。

「お先に失礼します」

治療と着替えの準備をしてやらないといけない。エステルは返事をしないマテウスに背を向けて、脱衣室に移動した。

(これでいい)

あふれそうな涙をこらえて、心に言い聞かせた。ミレッテ王国のため、何よりも母のために正しいことをしなければならない。

(マテウスにもまちがったことはさせられない)

彼は苦労して玉座についた。だからこそ、立派な王になってほしい。

(もしかしたら、マテウスは昔の約束を果たさなければと意地になっているのかもしれない。気の迷いのようなものだわ)

だから、惑わされてはならない。エステルはあくまでもルイーズとの結婚を勧め、婚礼を見届けてから帰国するのだ。

エステルは身体を拭い、服を身に着けていく。袖に落ちた雫はあえて見ないフリをした。

それから数日間、エステルはマテウスと極力話をしないように努めた。

彼のために仕事はするが、触れあいにならないように注意した。着替えるときなどは他の侍女に手伝いを頼んでふたりきりにならないようにしたし、話しかけるときは誰かといるときにするようにした。

マテウスは苛立った空気を漂わせることはあったが、概ね自制をしてくれていた。

しかし、引き替えとして、ルイーズに命令された結婚の日取りについての打ち合わせはできなくなった。業を煮やしたのか、フリオネ伯がマテウスをたずねたが、政務で忙しいという理由をつけて、ろくに面会させてもらえなかったようだ。

(困ったわ、どうしよう)

とは思うものの、マテウスと一緒にいたら、風呂場で身体に触れられた記憶が甦る。マテウスの指と唇の官能的な動きを思いだせば、エステルの身体にはおかしなうずきが走ってしまうのだ。それを防ごうと思ったら、接触をできるだけ避けるしかない。つまり、八方ふさがりのようになっていたのだった。

打開策を見つけられないまま数日を過ごしたあと、エステルは人前に出る機会を得た。

北の貴族と都の商人が商談をするため手伝いが必要になったのだ。

大広間には、北の貴族と国中の商人が集い、北の地にある産物をどう加工すれば高く売れるのか、商人たちの意見を聞いていた。貴族たちが持参した毛皮や羊毛品を前に、人々が和やかに話し合う。コーヒーを配っていたエステルは、カップを受け取りに来た相手に驚いた。

「エステルさま!?　なぜここに？」

目をまん丸にするパウルに、エステルは一瞬焦った。

「そ、それは……」

考えを巡らせてから、おかしなところはないと己に言い聞かせる。

（ルイーズに付き添った侍女……。没落した貴族の娘がする仕事としてふさわしいわ）

エステルの胸中など知らぬパウルは、エステルの頭からつま先まで見下ろした。エステルが侍女のお仕着せを着ているからだろう。

「なぜここに？　いや、そもそもなぜそのような格好をされておられるのですか？」

「……今は陛下の侍女をしておりまして」

「侍女ですか？」

まったく意味がわからないという顔をするパウルに、簡単に説明をする。

「なるほど、嫁いで来られる王女殿下が問題を起こしたということですね」

「事実なのですが、そこだけを抜き出されてしまうと、ちょっと……」

確かに悪いのはルイーズだが、強調されるとつらい。

「ふーむ……ルイーズ殿下の評判は非常によろしくないのですが、どうやら本当のようですなぁ」

感慨深そうに言われて、エステルは驚愕した。

「王女殿下の噂が流れているのですか？」

「ええ。わがままで残忍。贅沢が大好きで、我慢を知らない。あんな方を我が国の王妃として迎えたら、国がめちゃくちゃになるだろうという話で」

エステルは絶句した。ルイーズは二国の和平のために嫁ぐのだ。それなのに、禍をもたらすように噂されている。

「そ、そんなことはありません。王女殿下は誇り高いお方で、そのせいでわがままという噂を流されてしまっているんですわ」

と擁護したが、自分でも苦しい言い訳に聞こえた。

（このままではよくないわ……）

エステルの注意をルイーズは聞き入れない。苦言を聞いたら、憤慨するはずだ。

誰か適任者はいないかと考えていたところで、ゾフィーを思いだした。

ゾフィーはルイーズの教育係だ。彼女ならば、ルイーズをたしなめられるのではないか。

（頼んでみなくては）

心の中で予定をひとつ積み上げたところで、パウルが声を弾ませた。

「そういえば、エステルさま。こちらの娘たちに刺繍を教えていただけませんか？」

「わたしがですか？」

「はい。北の皆さまに乞われ、工房を設置することになりました。あちらは羊の飼育をしており、羊毛品を生産しています。そこの生産品にせっかくですから付加価値をつけたいと思いまして。エステルさまの刺繍はお金になります。技術を伝えてやってほしいのです」

エステルは、一瞬呆けたあと感激に胸を押さえた。

(そういえば、ここ最近は刺繍ができなかったわ)

それに、誰かの役に立てるのもうれしい。

「侍女の仕事もあるのですが、陛下のお許しがあれば、ぜひやります!」

「ああ、よかった。間もなく北に出発するという娘たちがおります。ぜひその者たちに教えてやってください」

「わかりました」

エステルの刺繍が、ヴェルン王国の娘たちの生活を向上させる役に立つのなら感激だ。

王女として何もできないでいるが、ひとりの人間として少しでも誰かの役に立ちたい。

「では、お願いします。エステルさまはやはりおやさしいお方だ」

満足そうに言われ、エステルは、パウルにはにかんだ笑みを向ける。

そんなふたりをマテウスが見つめているとは、気づきもしなかった。


その夜。エステルはマテウスの部屋にいた。着替えの手伝いをするためだ。

居間で彼を待つが、一向に姿をあらわさない。

（戻ってこないわ）

マテウスは、政務が終わらないのか、執務室から戻ってこないのだ。

執務室と居間は扉を隔てている。外からは別々の部屋に見えるが、中は繋がっているのだった。

（困ったわ……）

うろうろしていたエステルはソファに浅く座った。テーブルに置いていた着替えのものとは別のシャツを手にとる。

ボタンがとれたシャツがあったから、針仕事をしようと思ったのだ。

エステルはとれたボタンを縫いつけ、さらには糸が緩んだ分もいったんボタンをはずしてから縫いつける。

（……それにしても、わたしに刺繍を教えてくれと依頼がくるなんて）

離宮で娘たちに指導をしていた経験が助けになるだろう。

（わたしも役に立てるのね）

それが無性にうれしい。

ふと疲れを感じ、エステルはシャツを膝に置くと、瞼を閉じた。

（……まだ仕事中だから眠ってはだめ）

しかし、身体の奥から強烈な眠気が襲ってきた。

（ちょっとだけ……）

そんなことを考えた直後、エステルは眠りに落ちた。


レオンが離宮を去ったあと、エステルはたびたびレオンの夢を見た。

ヴェルン王国に来てからでさえ、夢の中にはレオンがあらわれた。この日見た夢は、レオンが掃除を手伝ってくれたときのものだ。

壁に立てかけた梯子を登り、高い位置にある肖像画の額縁の埃を拭ってくれている。

『もう十分よ』

梯子を下で押さえながら、エステルは心配だった。落ちたらまたけがをしてしまう。

『大丈夫だから』

口元に布を巻いているせいか、レオンの笑い声はくぐもって聞こえる。

『でも……』

『さあ、終わりだ』

レオンは梯子を滑るようにして下りてきた。エステルは眉を少し寄せる。

『もうしなくていいわ。けがもしているんだし、休んで』

『病人じゃないんだし、ずっと寝てはいられない。ささやかな礼なんだから、気にしないでくれ』

レオンはそう言ってから、梯子を違う場所に立てかける。

その姿を見ながら、エステルは複雑な気持ちになった。

（いったい何者なんだろう……）

レオンは不思議な男だった。商人の従者と言うわりには、へりくだったところがなく、主人にもエステルにも堂々とした態度をとる。

立ち居振る舞いには妙に品があり、きちんと教養を身に着けた空気をまとっていた。

その、妙にちぐはぐなところに惹かれた。王宮でも、レオンのような男には会ったことがなかった。

（寒い……）

不意に胸元に寒気を覚えた。

（まだ冬だもの……）

そう心の中でつぶやいたあと、現実との落差に気づいた。

エステルの意識は急速に覚醒した。

目を覚ますと、マテウスに見下ろされていた。彼の指がエステルの胸元のボタンをはずしている。

「なっ……」

エステルは彼のベッドに仰向けに寝かされていた。四隅に柱がついて天蓋を支え、暖かな羽毛の上掛けが敷かれた上等なベッドである。

「陛下、何を……」

「疲れているみたいだったから連れてきた」

「ふ、服を脱がせる必要はないでしょう!?」

「うなされていて、苦しそうだったからな」

真顔で答えられて、息が詰まった。

しかし、マテウスがボタンを次々とはずしていくから、あわてる羽目になる。

「苦しくはありません！　それに、すべて脱がせる必要はないかと思います！」

「俺には必要だ。おまえを抱きたい」

「もっといけません！」

まじめな顔で何を言っているのかと身をよじったが、マテウスにのしかかられて抱きすくめられれば、動きを止めなければならなくなった。

「陛下……」

「俺はエステルが好きだ」

何度目かの真摯な告白に身体の力が抜けそうになった。

（わたしも……わたしだって、マテウスが好き……）

離宮で彼と過ごした短い思い出を、心の中の宝箱に大切にしまっている。

エステルの代わりに兎の皮を剝いでくれたこと、一緒に洗い物をしてくれたこと、刺繡をするエステルのそばで本を読んでいた姿、薪割りを手伝ってくれたこと。

（でも、だめよ。あのときのレオンはいない）

だから、怖い顔をして告げる。

「ルイーズ王女との結婚を決めたのは陛下です。なぜ今さら覆そうとなさるのですか？」

「……おまえが俺と結婚すると一言言ってくれるなら、ルイーズ王女を亡き者にしてもいいぞ」

マテウスはエステルの手をとり、そっと唇を押し当てた。青い瞳には暗い影が落ちている。

エステルは身震いした。

（本当にするかもしれない……）

マテウスは弟から王位を奪った男だ。ルイーズの命を絶つことなどたやすいと考えているのではないか。

（そんなこと、させられないわ）

ルイーズは仮にも妹だ。いくら不仲だといっても、彼女の命を奪ってほしいなどとは望みもしない。

（卑劣な人間にはなりたくない）

エステルはなんとか声を押し出した。

「……わたしは、あなたと結婚しません」

はっきり拒否をしたが、マテウスは眉を寄せて苛立たしげな顔をしただけだった。

「おまえは本心を隠しているだけだ。おまえの身体に訊けば、その本心があらわになる」

マテウスはボタンをすべてはずすと、エステルの服を肩から落とした。

「やめてください！」

「俺は王だ。どんなことでもできる。おまえの国に再度侵攻することもな」

エステルは身じろぎを止めた。

（まさか、本当にするはずはない……）

そう思って彼の瞳を見つめるが、マテウスの青い目は冷たいままだ。

（わたしの抵抗を封じようというの？　なんてずるい……）

マテウスはエステルを追いつめる。自分の気持ちを受け入れない罰を与えるかのように、肉体を奪おうとさえする。だが、そんな彼からうまく逃れる手も思いつかない。情けなくてたまらない。

エステルは唇を噛んだ。

「……わかりました」

その代わり、何をされても反応しないようにしよう。それが彼への意趣返しだ。

心に決めて、視線を逸らす。ドレスのみならず、コルセットやドロワーズさえ脱がされて、エステルは全裸にされた。

仰向けになっても形のよさを失わない乳房に、マテウスの手が伸びる。両の手でゆったりと揉まれて、さざ波のような快感が広がる。

「エステルの身体はどこもかしこもきれいだ」

ため息と共に言われ、頬を染める。羞恥を覚えるが、声を出さぬように唇は懸命に引き締めた。

「あのときから、俺はエステルに触れたいと思っていた。戦の間も、ずっとエステルに会いたかった。それを我慢していたのに、エステルはなぜわかってくれないんだ」

マテウスの声には切々たる響きがあった。

それを聞きながら、エステルは涙が込み上げてきそうだった。

（……なぜ、わたしの心を乱そうとするの？）

どうしてマテウスと再会なんてしたのだろう。エステルがルイーズについてくることがなかったら、彼と会うことも、肌に触れられて心が惑うこともなかったのに。

マテウスはエステルの気持ちなどかまわずにくちづけしてくる。唇をついばんだあと、舌を入れて舐め回しはじめた。

「ん……んんっ……」

胸を揉まれて、逃げる舌が追いつめられる。舌と舌をからめる淫靡な戯れに、鼓動が速くなった。

「うう……ううっ……」

口内を舐めながら乳首をつまんで乳暈から引っぱりだし、さらには転がしてくる。彼の手は自在に胸をもてあそんで、エステルは全身を揺らした。

(マテウスの手、大きい……)

大きく骨ばった手が胸を摑んで押し回す。肌が粟立つような感覚に、シーツを摑んで声を出すのをこらえた。

「なぜ声を出さないんだ?」

マテウスはいったん半身を起こした。エステルの下肢に体重をかけたまま、自分のクラバットを緩め、シャツを脱ぎ去る。胸から腹まで引き締まった肉体に、エステルは耳の先まで熱くなった。

なめし革のような肌にはいくつも傷痕がついている。それが、これまでの人生を雄弁に語っているようだ。

(ルイーズはこれを見て、どう思うのだろう)

彼の辛苦に思いを馳せてくれるだろうか。

「エステル、俺はおまえの声を聞きたい」

そう言いながら、ぐいっと股を押し広げてくる。

秘処をいきなりあらわにされて、羞恥のために思わず叫んだ。

「いや、だめ……見ないでっ……」

「きれいな色だな。薔薇の花びらのような色だ」

蜜孔を隠す花びらを押し開かれて、エステルは気を失いたくなった。

「み、見ないでください……そんなところ……」

「そのうち、見てほしいと思うようになる」

自信満々で断言されて、エステルは首を左右に振った。

「な、ならないです、絶対に！」

「素直にならないエステルにはおしおきが必要だな」

そう言いながら、エステルの腿の裏側に大きな手を当てて、秘処を天蓋に向けてくる。

不安になった直後、マテウスは蜜孔にくちづけてきた。

「ひっ……ひぁっ……」

蜜孔に尖らせた唇を押し当て、吸い付いてくる。あまりの恥ずかしさに股をしめようとするが、腿を押さえる手にぐっと力を込められて、できなくなった。

マテウスは舌先で固く閉ざされた蜜孔をくすぐりだす。何度も舐められて、性感を強く刺激される。

「は……はぁ……はぁっ……」

自制しようとするが、声が勝手に出てしまう。

マテウスは、蜜孔だけでなく、狭間を舌で往復しだした。誰にも見せたくない、自分でもろくに触れないところを舌で舐められて、エステルの腰が他愛なく跳ねた。

「ひっ……ひぁっ……だめ……やめて……」

身をよじれば、かえって股を広げられ、恥ずかしい部分を全開にされてしまう。

彼はエステルの懇願を無視して、花びらのつけねを舌でつつきだした。

「――！」

声も出せないほど強烈な快感にみまわれて、シーツをきつく摑んだ。性感を生み出す雌芯は舐められるほどに膨れあがり、腰を揺らして感じ入ってしまう。

「あ……ああっ……だめ……そこっ……」

「ずいぶん気持ちよさそうだ。尖ってきたぞ」

舌先で転がされれば、快感がほとばしる。胸を突きだすようにして感じながら震えた。

「あ、あ、だめ……だめっ……」

あまりにも強すぎる刺激だった。

いつもはそんなところにあると意識しない部分が、今や不埒な感覚を発して、エステルの心と体を支配する。

認めたくなくとも、そこをいじられれば、ひどく気持ちいいのだ。

（どうしよう、どうしたら……）

腹の奥が熱くてたまらなかった。怪しげな熱がどんどん蓄積して、エステルの理性をかき乱す。

「だめ、だめっ……おかしくなるっ……」

腰が自然と跳ねてしまう。

蜜孔の奥の狭い隧道を液体が流れていくのがわかる。そこはもう蜜にまみれて、とろける寸前のはずだ。

「おかしくなっていいんだ。そのために、俺はおまえを可愛がっているんだから」

マテウスは不敵に笑ってエステルの狭間に顔を埋める。高い鼻梁でこすられ、舌で雌芯を散々に舐められれば、もう耐えられなくなった。

「あ、ああっ……いやっ……だめっ……あああっ……」

腹の奥が重くなって、脳天へと白い光がほとばしる。快感に腰がとろけて、背をそらして絶頂の甘い余韻を味わった。

「はぁっ……はぁっ……はぁ……」

息を荒らげて胸を上下させた。下肢が心地よく痺れていた。

「もう濡れ濡れだ。エステルの身体は反応がいいな」

「そ、そんなはずはありません……！」

泣きたい気持ちで否定する。

マテウスは言葉で煽るだけでなく、エステルの狭間を凝視していた。脚を閉じられないように腿の裏に置いた腕に力を込めて、蜜孔を広げた。

「ほら、泉のようにあふれている」

そう言うなり、蜜孔に唇をつけて蜜をすする。恥ずかしさで気を失いたくなった。

「ひっ……だめっ……」

「俺と離れていた間、誰かをここに招いたりはしていないよな」

蜜孔をパクリと広げて、舌先をねじこんでくる。

粘膜を直接舐められれば思わず感じてしまい、みっともなくも喉を鳴らした。

「し、してません、そんなこと……」

いったい誰がエステルにそこまで思いを寄せるだろうか。

王女でありながら、辺境に追い払われるような有様だったのに。父も、宮廷の誰も彼も、エステルが死んでもかまわないと思っていたに違いない。

「じゃあ、俺を思ってくれていたか？」

舌で粘膜をくすぐりながら、マテウスは合間にたずねてきた。

気が飛びそうになりながら、エステルは本音を漏らしそうになった。

（思っていたわ。思いだしていた……）

マテウスとの思い出は温かいものだった。一緒に語らって、共に何かの作業をして、ただそれだけなのに、気持ちが浮かびあがるものを感じていたのだ。

むしろ、下手に温かな思い出を得てしまって、つらいくらいだった。

「なぁ、エステル。どうなんだ？」

切羽詰まったようにたずねられ、エステルは眉を寄せた。

（……マテウスの言葉を認めてはだめ）

四散する理性をかき集めて、必死につぶやく。

「お、思ってなんか、いません」

沈黙が落ちた。

マテウスは失望しただろうか。

離れてほしい。もうかまわないでほしい。

だが、マテウスはエステルの蜜孔をさらに辱めようとしてか、右手の人差し指を挿れてきた。

「くうっ……！」

鋭い痛みが走って、エステルは眉を寄せた。

「ここに訊いてみる。俺を思ってくれているか、いないか」

指を抜き差しされて、エステルは傷口をかきまわされるような痛みに悲鳴をあげる。

「いや……痛い……」

「少し我慢してくれ。おまえの気持ちよくなるところを探るから」

勝手を言いながら、エステルの内襞をこする。

（無理よ……）

痛みに瞼を閉じて耐えていたが、恥丘の裏あたりをこすられたとき、なんとも知れぬ心地よさを覚えた。

「あ……そこ……」

痛みから逃れたくてつい口にしてしまった感興を、マテウスは聞き逃さなかった。

「ここか」

指の腹で撫でられて、心地よさが増す。

抜き差しをされながら、こすりもされれば、痛みよりも気持ちのよさが上回ってきた。

「あ……ああっ……」

声もつい色づいてしまう。意識も、痛みよりも快感を追い求めているのだとはっきりわかった。

腰をうねらせてしまえば、マテウスが中指を追加する。

「気持ちよさそうだ。素直に感じていいんだぞ、エステル」

「ん……んんんっ……」

二本の指が内奥をかきまぜだす。潤う蜜襞の感じる部分をくすぐり、さらには興奮で尖った雌芯を親指で押し回しだした。

左手は乳房に伸ばされ、こねまわしてくる。乳首までいじられれば、エステルはたやすく絶頂に至った。

「あっ……ああ……あああっ……」

腰を淫らに揺らして快感に屈服する。極みを得て、蜜襞はこきざみに震え、彼の指を締め付けてはさらに愉悦を生み出す。

（気持ちいい……）

官能の深みを得だした肉体は、もうそれに引きずられるばかりだった。

マテウスの指に翻弄され、放心していたエステルだったが、彼がベルトを緩めて脚衣を下ろしたとたん、息を呑んだ。

彼の股間に反り返るものは圧倒的な存在感を有していた。天を向く男根は、槍か剣のように凶悪に見えた。

「だめっ……」

快楽に引きずられる心を叱咤して首を振った。

（あれを挿れられてはいけない）

エステルは処女を失う。それればかりか、ルイーズとミレッテ王国を完全に裏切ることになる。

「やめて、マテウス、お願い……！」

止めなければならないと思うあまりに、彼の名を呼んでしまう。不敬なことなのに、彼は怒るどころか、目を輝かせた。

「エステル。俺の名を呼んでくれるんだな」

彼は愛撫の手を止めて、強く抱きしめてくる。背に回されるたくましい腕と分厚い胸板に挟まれて、エステルは何もできなくなった。

マテウスの肉体は温かい。それが、エステルの心を惹きつける。

（やっぱり、わたしはマテウスが好き……）

マテウスはずるい男だ。ミレッテ王国に侵攻するという卑劣な脅しをかけてまで、エステルに身体を捧げさせようとする。

だが、そこまでしてエステルを手に入れようとする人間は、これまで皆無だった。心が揺らがないはずがない。

（わたしもあなたを愛しているわ）

この気持ちを素直に伝えられたらいいのに。

マテウスはエステルにくちづけて、強引に舌をねじこんできた。

雄の香りに怯むエスエルにもかまわず、想いをすべて伝えたいというように舌をからめてくる。

「ん……んんんっ……」

舌と舌をからめるだけでなく、喉の奥に舌を差し入れてきた。それと同時に、下肢の狭間に硬いものが押し当てられる。

「――――！」

くちづけから逃げようとするが、どうすることもできなかった。ベッドに押さえつけてくる力が強すぎて、ろくに身じろぎすることもできない。

男根が、蜜に濡れた蜜孔に添えられる。槍の穂先に似た先端で蜜孔を割られ、ほんの少し進められただけで、裂かれるような痛みが走った。

「んんんっ……んんっ……！」

濡れそぼった蜜洞は、初めての侵入を拒もうとする。逃げようとしてわずかに動いたら、マテウスはくちづけを続け、両手をふたりの身体の間に入れて、乳房を揉みだした。

「ふ……ふうっ……」

舌と舌がからまり、唾液を交換するくちづけを交わしつつ、双乳を縦横に揉まれる。

感じやすくなった乳首を押し回され、さらにはつままれて、快感を覚えたと同時に男根が侵食を深めた。

目尻にたまった涙がこぼれる。痛みと快感が混じりあって、エステルの感情もぐちゃぐちゃになっていた。

こんなに強引に身体を奪ってくるマテウスへの憤りと、こうまでして求められる誇らしさと。

あらゆる感情が交じって、エステルを懊悩(おうのう)させる。

男根は行きつ戻りつしながら、エステルの無垢な蜜襞を割っていく。

半ばまで挿入したところで、彼はくちづけをやめてくれた。

「ほら、エステル。見ろ、俺たちの結ばれているところを」

マテウスに言われ、エステルはつい下に視線を向けてしまう。

天を向くほど折り曲げられた足の間に、男根の一部が埋まっている情景がはっきりと見えた。

「ひっ……」

これみよがしに沈められて、エステルは喉を鳴らした。

痛みは確かにある。だが、背を抜ける痛覚には確実に甘いものが混じっていた。

「ちゃんと見ろ、俺がおまえを犯しているところを」

ぬちゅっと音を立てて差し込まれた肉の剣を抜けそうなほどに引くと、彼の肉棒には鮮血がまとわりついていた。

処女を奪われた証に、エステルは涙目になる。

「そんな……」

「俺がエステルを初めて奪った男だ。今日のことを、一生覚えておくんだぞ」

男根を押し込んでは引く動きを繰り返され、痛みが徐々に押しのけられていくのを感じた。

蜜襞が痺れるような快感を生み出しつつあった。

「あっ……ああっ……」

「拒む力がどんどん弱くなってるぞ」

マテウスが深みを掘削していく。身体は着実に快感を得てしまっていた。

シーツを握りしめて快楽に呑まれまいとしたが、無駄だった。マテウスが抜き差しを繰り返し、深いところを掘っていくほどに、痛みをしのぐ官能の波に襲われる。

「はぁっ……はぁ……ああっ……」

ぐちゅぐちゅと鳴る音が耳を犯していく。マテウスは蜜襞をかきわけて、とうとう奥まで掘削（くっさく）し尽くした。

「いいな……エステル……中がヒクヒクしてる……」

感極まったように言われ、蜜洞が痺れた。いけないと思っても、もうだめだった。

（気持ちいい……マテウスが中にいると、すごく気持ちいい）

そう認めてしまうと、中にいる彼が腰を引いてから奥を突きだした。

「ひぁあっ……」

太く硬いモノにこすられて、肉襞が快感を生む。最奥まで突き込まれれば、今まで味わったことのない愉悦を覚えた。

「ああっ……いいっ……」

自分では絶対に触れられないところをマテウスの鏃が突いてくる。

腰をとろかすような快感がほとばしって、エステルは背をそらした。

「ああ……だめ……だめっ……」

自分がどうなるかわからない恐ろしさと、そうなってしまいたいという欲求と。

これまで味わったことのない悦楽のひとときに、エステルは無自覚に腰を揺らしてしまう。

「だめ……奥……だめっ……」

「すごいな、エステル。中がうねっている。俺を欲しがってるんだな」

彼の真っ青な瞳に喜悦が浮かんでいる。マテウスは腰を大きく動かして、エステルの肉洞を攻め立ててきた。

「ひっ……そんなに突いちゃ……だめ……！」

最奥に先端がめりこむたびに、頭の中が白くなる。

断続的に味わう絶頂に羞恥も消え失せ、彼をさらに煽るように腰をそらし、胸を突きだ

してしまう。

「おまえだけだ、俺がこんなふうにするのは……。ルイーズ王女も味わえない」

見せつけるように半ばまで抜かれ、操られるように男根を見つめた。

赤黒いそれをルイーズは欲しているのだろうか。

ぬちゅりと勢いよく突き込まれ、奥をずしんと穿たれて、エステルは喉をそらした。

もう何も考えられなかった。

（いい……すごくいい……）

ふたりの肉体が溶け合って、快感を生み出す。エステルはもうそれを受け止めることしかできない。

マテウスの抽挿がいよいよ激しくなってきた。蜜襞は甘くとろけて、エステルの意識は白く混濁する。

「はっ……はぁっ……！」

極みを味わい、心も身体も溶けていくような甘いひとときを味わう。半分朦朧としていたとき、奥にしぶきを浴びせられた。

「あっ……」

彼はエステルを深く抱き込んで、エステルの中に精を吐きだしている。

にわかに恐怖を感じて、エステルは天蓋を見つめた。

（どうしよう……）

彼が撒いているのは子種だと処女を捧げたエステルでも知っている。

結実したら、子ができてしまうのだ。

（わたしは、とんでもないことを……）

国に帰って妊娠していたら、どうするというのか。

エステルがただの貴族の娘ならばどうでもいい。しかし、エステルは王女だ。生むことができたとしても、その子は不幸になるのではないか。

「エステル……」

愛しげに名を呼んだ彼が、エステルの髪を梳き、唇を重ねてくる。

背に回った腕、のしかかる汗みずくの肉体。

彼の重みは心地いいけれど、同時に恐ろしさを覚えた。

マテウスがいったん身体を離して、エステルの頬に手を当てる。

「……エステル、おまえを必ず妻にする」

ぞっとするような低い声で告げられる誓いに、思わず身震いした。

「やめてください……」

官能に肉体を引きずられてしまったが、だからといって、妻になるなんて願ってはならないことだ。

（ミレッテ王国を裏切れない）

母のためにも、マテウスを拒否しないといけない。

「ルイーズのためか？」

訊かれて、エステルはおずおずとうなずいた。

「……おまえはどうしてそんなに自分を犠牲にしようとするんだ」

マテウスはエステルの手を持ち上げ、指先にくちづける。

穏やかな触れあいに、切なさが込み上げてきた。

（拒まなければいけないのに……）

なんとしても手に入れたいという気持ちを赤裸々にされて、どうしようもなく喜びを感じてしまう。

「……わかった。ルイーズ王女を殺しはしない」

エステルが安堵のあまり何度もうなずくと、彼は目を光らせてエステルの乳房を揉みだした。

「あ……ああっ……」

とたんに張りつめていたそこは歓喜を生む。

「俺の意志を曲げさせるのは、おまえだけだ。その罰として、おまえを抱かせろ」

「なぜ、そうなるのですかっ……」

拒否の言葉を言う前に横向きにされ、片足を高々と上げさせられる。

マテウスがもう復活した男根をねじこんできた。

「おまえが自分から抱いてくれと言うようになるまで、ここに快楽を覚えさせよう」

「や、言いません、そんなこと……！」

拒否をするものの、男を知ったばかりの蜜孔はまだ刺激に慣れていなかった。マテウスが前後に腰を振り、蜜洞をこすっただけで、快感が全身に広がって抵抗する気持ちが薄れてしまう。

「ひぁっ……だめ……」

伸ばされた彼の指が、浅ましくも尖った雌芯を転がしだす。

マテウスを咥えて感じやすくなった秘処をさらにいたぶられて、腰をがくがくと揺らした。

「だめ……だめ……また、達くのっ……」

「何度でも味わえばいい。そうしたら、俺と離れられるなんて、考えもできなくなるはずだ」

力強く押し込まれる肉棒の律動と、陰芽を細やかにこねまわす動きに頭の中が白くなる。

肉体に刻まれる快楽に、エステルは打ち負かされるばかりだった。

三章　誰にでも秘密はある

数日後の昼前。エステルはルイーズに呼びだされ、客館に赴いた。

庭に植えられたライラックの花が空気を紫に染めるほど鮮やかに咲いている。

甘い芳香に癒やされながらも心は重く、エステルの足は鈍(にぶ)った。

(まさか、わたしとマテウスの関係を知ってしまったのではないかしら……)

責められても仕方がないと覚悟はしている。

この数日間、マテウスは夜になるとエステルをベッドに引きずり込んだ。

抵抗してみても、いったん身体に触れられたら、拒む意思などたちどころに溶けてなくなり、彼の思うままに抱かれてしまう。抱かれてしまったら、深い快感を覚えずにはいられなかった。

(もしも知られていたら……)

自分はどんな目に遭ってもよい。せめて、母にだけは累が及ばないようにしよう。

そんな覚悟を決めて、客館に入る。怯(おび)えた顔をした侍女に連れられて応接室に入るなり、足元で磁器が割れた。

「このグズ！　いつまで待たせる気なのよ!?」

血走った目で叫ばれて、エステルは淑女の礼をした。

「すみません」

「どいつもこいつも、使えない奴らばかりだわ！　全員、死ねばいいのよ！」

応接室はひどい有様だった。

壁にかけられた絵は叩き落とされ、棚にあった磁器の皿は床で破片になっている。

カーテンが半ば破られている光景にいたっては、どうなったらそうなるのか理解ができない。

「王女殿下、どうぞ落ち着いてくださいませ」

この惨状(さんじょう)にあって、ゾフィーはいたって落ち着いた顔つきだった。ルイーズのそばに寄ると、両手で彼女の手を包む。

「お手が傷ついてしまいますわよ？」

「傷ついてもかまわないわよ！　おまえも、役立たずのひとりなのに、自覚があるの!?」

「申し訳ございません。わたくしごときでは陛下のお心を動かすことなどできませんわ」

「フリオネ伯も、会わせてもらったと思いきや、婚礼の日取りは不明だと言われるばかり……どういうことなの!?」

「マテウス王は国をようやくまとめたばかり。政務にお忙しいのです。北からは陳情、南からは不満を言われて、大変なのですわ」

　ゾフィーは頬に手を当てて、憂鬱そうに息を吐いた。

　エステルも喉を鳴らしてからうなずく。

「陛下は夜も遅くまで政務に励んでおられます。ゾフィーどののおっしゃるとおりで――！」

　飛んできたのは、絵の小品だった。額縁が足元で砕けてエステルは青くなり、とっさに言葉が出た。

「やめてください！　ここはミレッテ王国ではなくヴェルン王国です！　ここの備品を壊すなんてとんでもないことですよ！」

　賠償を求められるだろうし、そもそも物に当たるなんて子どもの行為で、一国の王女がすることではない。

　しかし、ルイーズは怒りを鎮めるどころか、大股で近づいてきた。目尻を吊り上げた形相に、エステルは怯む。

　蛇に食われる寸前の蛙のように足がすくんでいると、ルイーズはエステルのすぐ目の前に立った。

　顎を摑んでエステルを睨む。

「おまえは話をしたんでしょうね。ちゃんと伝えたの？　結婚の日取りについて！」

ルイーズの剣幕に、エスエルは身震いした。

（怖い……）

妹相手に恐怖を感じるなど情けなくて仕方がない。しかし、ルイーズのまなざしにはエステルを視線で殺してしまいかねない迫力があった。

「答えなさいよ!!」

「お伝えしましたが、お忙しいと言われてっ――」

最後まで返事をする前に、力まかせに平手打ちをされた。

予期していなかったために、簡単に平衡を崩して床に倒れてしまう。拍子に、手に磁器の破片が突き刺さる。

痛みに何も言えないでいると、のほほんとした声が聞こえた。

「まあ、大変！　部屋が荒れ放題じゃないですかぁ！」

振り返れば、目を丸くして驚いた様子のカリーナがいた。彼女は顎の下に両のこぶしを当てて、相変わらずかすれた声で叫ぶ。

「こんなにしちゃったら、陛下がお怒りになってしまいますぅ！　これ、誰がなさったんですかぁ？」

無遠慮にルイーズを覗き込みながら言う。

ルイーズは眉を跳ね上げた。

「おまえ、あのときの侍女ね!?」

「はい、陛下のご命令で参りました!」

「陛下の!?」

驚きをあらわすルイーズにかまわず、カリーナはエステルに近寄り抱き起こしてくれた。

予想外に力が強くて面食らう。

「カリーナさん、お強い……」

「エステルさん、このお部屋の惨状はどなたが犯人ですかぁ?」

無邪気にたずねるカリーナに、エステルは息を呑んだ。

(ルイーズだなんて、言えない)

彼女に対する心証を悪くしたくない。

(世に流れる噂をこれ以上ひどくするわけにはいかないのだから)

エステルはなんとか嘘をひねりだす。

「わたしが悪いんです。掃除をしている途中で、ドジをして……」

「あらあら、エステルさんが。まあ、本当にドジっ子でいらっしゃる!」

カリーナはニコニコと笑っている。

苦しい言い訳だが、なんとか通用したことで、エステルは無理やり微笑んだ。

「すみません、陛下にはわたしからきちんと謝罪します」

「いいえ、かまいませんよぉ。どうせ大したものは置いていませんから」

カリーナの満面の笑みにどう反応していいか迷った。ミレッテ王国の王女を迎える客室に大したものは置いていないとは、かなり失礼な発言だ。

「立てますか？」

「え、ええ」

彼女の手を煩わせぬよう、さっさと立ち上がる。

カリーナが愛想よく笑い、エステルとルイーズを見比べた。

「陛下が俺の侍女はどこにいるのかとご立腹ですの。来てくださいます？」

エステルは目を丸くした。マテウスは政務をとっているはずだ。

「わたしに、どういったご用がおありなのでしょうか？」

「大ありですわぁ。エステルさんにしかできないご用ですもの」

カリーナは瞳に意味深な光を宿している。エステルは内心で激しくうろたえた。

（カリーナにできなくて、わたしにしかできない用事……）

正直、閨事しか思いつかない。

（まだ外は明るいのに）

あまりに恥ずかしくて泣きそうな気分になるが、表情に出すことはできなかった。

ルイーズが憎々しげにエステルとカリーナを睨みつけてきたからだ。

「おまえ、そこの侍女――」

「カリーナですぅ」

カリーナは自分の顎の下に両のこぶしを当ててにっこりした。

愛想よく笑うカリーナに、ルイーズはかえって眦を吊り上げた。

「カリーナ、おまえが元気なら、エステルを侍女として差しだす必要はないわね」

指摘されて、カリーナはとたんに首を左右に振った。

「まだ身体は痛いですぅ。あのとき、階段から落ちたときに、肋骨を折ったんですよぉ？ お医者さまからは、絶対安静だと言われておりますもの」

「安静のわりに、ここにいるじゃないの!?」

「それは陛下に頼まれたからです。無理をおして来たんですよぉ？」

カリーナの返答はふてぶてしく、エステルは信じがたい気持ちで彼女を見つめる。

カリーナは女性の中でも背が高いほうで、肩幅は広くがっしりしている。体格がいいせいで、強気でいられるのだろうか。

だが、そんな豪胆なカリーナにルイーズが頬を引きつらせた。

「ふざけているの？」

「ふざけてなんかいません。さ、エステルさん、陛下のところに行きますよぉ」

カリーナに手を引かれ、エステルは足をもつれさせながらも彼女に続いた。

「待ちなさいよ！」

ルイーズの制止が聞こえるが、カリーナは完全に無視をする。

外に出てから足早に客館を離れ、距離を置いてから、カリーナはようやく足を止めた。

「大丈夫ですかぁ？」

「はい……」

応じながらも、エステルは手のひらに刺さった磁器の欠片を抜いた。

ドレスの隠しに破片を入れて、ため息をつく。

「あら、大変。消毒しなくては」

「軽傷です。大丈夫ですから」

エステルはカリーナに苦笑いを向けた。

「お見苦しいところをお目にかけてしまい、申し訳ありません」

「お気になさらず。それにしても、ルイーズ王女ったら、ずいぶん乱暴ですねぇ。あんな状態で和平のために嫁がせるなんて、ミレッテ王国は正気ですかぁ？」

カリーナの表情は冷たい。エステルは眉尻を下げた。

「……すみません」

「エステルさんが謝っても、意味がないですよ？」

「……そうですね」

エステルの返事を聞き、カリーナは大げさに肩をすくめる。そんな彼女を見つめながら、エステルは内心で首を傾げた。

(なんだか、今日は化粧が濃いみたい)

白粉を厚めに塗って、色も濃い目に目元や頬にのせている。目を大きく見せるために黒く囲み、つけ睫毛を装着していた。

(しっかり化粧をしているのね)

自分もいくらか化粧はするが、カリーナに比べると、あっさりしたものだろう。

「何か？」

「カリーナさんは、お化粧をしっかりしているなって」

「わたし、可愛くなりたいんですよねぇ」

カリーナは頬に指を当てて、愛らしい表情をつくった。

「そ、そうですか……」

カリーナは周囲を見渡し、誰もいないことを確認すると、エステルに顔を寄せてきた。

突然の迫力に思わずのけぞる。

「エステルさん。それで、陛下とその……いい感じになりましたかぁ？」

「いい感じ……」

「やったのかって訊いているんですよぉ」

「やった？」

やったとはなんのことだろう。

「んん、もう！　男女の仲になったかと訊いているんですよぉ！」

カリーナがエステルの肩を指先でぐりぐりと突いてくる。

エステルはあわてふためいた。

「な、な、な……！」

「その様子では、すっかり深い仲になっちゃったみたいですねぇ。うふふ！」

両手で口を覆っているが、目は笑っていない。婚約者を差し置いてそんな関係になるなんてと非難されている気がした。

エステルは勢いよく首を左右に振った。

「そ、そんな仲にはなっていません！」

「否定しなくても大丈夫ですよぉ。ルイーズ王女に告げ口なんかしませんから」

カリーナは目を三日月の形にした。

「だって、ルイーズ王女は性悪ですものぉ。わたしを突き飛ばすし、噂も最悪。あんな王女を嫁がせようなんて、ミレッテ王国はヴェルン王国を舐めてますよね」

カリーナの指摘に、エステルは喉を鳴らした。

（言い訳できない……）

ルイーズの行動が実際に証明してしまっている。

とはいっても、認めるわけにはいかなかった。

「ルイーズ王女は結婚の日取りが決まらなくて、不安なのです。だから、荒れておられるのだと思います」

エステルの返答に、カリーナは唇を尖らせた。

「エステルさんって、おやさしいですよね。でも、やさしすぎるのも、ちょっと困りものかも」

首を傾けてカリーナは言う。

自信を失くし、エステルは瞼を伏せた。

「……そうでしょうか？」

「そうですよぉ。幸せになるためには、少しくらい身勝手なほうがいいんだと思いますぅ」

カリーナは確信を持っているかのように微笑む。エステルは戸惑い、少し考えてみる。

（身勝手になる……）

自分の気持ちを素直にあらわしていいというのだろうか。

（いいえ、わたしはだめ）

エステルは耐えなければならない。母のため、ミレッテ王国のためにも。

改めて心を引き締め、カリーナに質問する。

「ところで、陛下がお呼びとお聞きしましたが」

カリーナは肩をすくめた。

「エステルさんってまじめなんだから……。そうですよぉ。行きましょうね」

エステルはカリーナと並んでマテウスのいる執務室へと向かう。手持ち無沙汰なのか、途中で見かけたものをカリーナが色々と説明してくれた。

「あそこが宮殿付属の教会。聖職者もいますよぉ」

「わたしもお祈りに行っていいのでしょうか？」

「もちろんですよぉ」

カリーナの返事にうなずいた。せっかくだから、機会があったら足を運ぼうかと考える。

「あの奥に薬草園がありますよぉ。何代も前の王妃が薬草を集めて、研究したそうです」

「まあ、すごい」

きょろきょろ見回して歩いているうちに、嘆きの塔の前についた。

装飾がなく、どっしりと立つ塔は孤独を感じさせる。

「あれが嘆きの塔ですぅ。もうご存じですよね。あそこに、前王のジークさまが閉じ込められていること」

カリーナの瞳が意味深に輝いている。疑問に思いながらもエステルはうなずき、しんみりとつぶやいた。

「きっと、おひとりでつらい思いをなさっていらっしゃいますよね」

エステルの発言を聞くや、彼女は声をあげて笑いだした。

「カ、カリーナさん？」

「つらい思い……なさっているでしょうかぁ？」

「違うのですか？」

「王位という重石がなくなって、喜んでいらっしゃるかもしれませんわぁ」

「そ、そんなことはないと思いますけれど……」

ジークは国王だったのに、マテウスに敗れて今や塔の上で虜囚の身。重石を下ろしたと言うが、おそらくは忸怩たる思いでいるはずだ。

「うふふ、あくまでもわたしの妄想です。ですから、どうぞお気になさらず」

カリーナは長い睫毛をぱちぱちと動かして、意味深な笑みを見せた。

（……不思議な人）

今まで、こんなにも心の奥底が見えない人間と付き合ったことがないから、振り回されている気になる。

「さ、陛下のもとに参りましょう。ルイーズ王女に会いに行かれるとお聞きになり、とーってても心配なさっていたんですから」

だ。


「そうなのですか？」

自分の主に会いに行くことをそれほど心配されるなんて、大問題だ。

(困ったわ……)

八方ふさがり、そんな言葉が今のエステルに似合う気がする。

マテウスの想いに応えることなどできないし、ルイーズの望みも叶えられそうにないのだ。

「そうですよぉ。不安でいっぱいのあのお顔。一見に値しますよ」

「……そうですか」

カリーナにからかわれながら、エステルは密かに頭を悩ませる。

(いったいどうしたらいいのかしら……)

マテウスをどう説得したらいいのか。

哀れな囚人を閉じ込めた塔に背を向け、エステルは再び歩きだす。

彼の執務室に着き、カリーナに続いて入室すると、焦った呼びかけが耳に届いた。

「エステル！」

マテウスが近寄って来て、エステルはきつく抱きしめられた。

「きゃあっ！」

なぜかカリーナが歓声をあげる。

「エステル、心配したぞ。ルイーズ王女に呼びだされたと聞いて」

「し、心配などしていただく必要はありません！」

エステルはあわてて否定した。

ルイーズの夫になる男が、まったく彼女を信頼していないなんて、最悪としか思えなかった。

「大変だったんですよぉ。ルイーズ王女の客館がめちゃくちゃになって」

カリーナの声に、頭の上からマテウスの怒りの声が落ちてきた。

「カリーナ、どういうことだ？」

「エステルさんが、お掃除をしていて、お部屋を散らかしちゃったんですぅ」

カリーナの返事に、エステルはあわてた。

「や、やめてください！」

「えっと……エステルさんが散らかしたんですよね？」

カリーナが腕を組んで首を傾げる。

「それとも、やはりルイーズ王女のせい――」

「違います！」

「エステル、本当のことを言え。困っているなら、俺はなんとしてもおまえを助ける」

マテウスが少し身体を離し、肩を抱いて言う。

「そうですよぉ、本音を言って。ね？」

すぐそばでふたりを見比べるカリーナがおもしろそうに笑っている。

「わ、わたしのせいなんです。わたしが悪い――」

「なら、この部屋もめちゃくちゃにしてみろ」

マテウスの要求に、エステルは目を見張った。

「どういうことですか？」

「ルイーズ王女の客館をめちゃくちゃにしたならここもできるだろう。さ、やってみろ」

マテウスにとんでもない命令をされ、助けを求めてカリーナを見てみたが、彼女もうなずくばかりだった。

「そうですよ、エステルさん。試しにやってみてくださぁい」

ふたりに追いつめられ、エステルは唇をきゅっと結んだ。

「……わかりました」

執務室の端にある花台に向かう。そこには、異国から取り寄せた白磁に花を描いた花瓶があった。幸いなことに、花は生けられていない。

エステルは花瓶を手にした。ルイーズがしたようにこれを投げればいいのだろうが――。

（とてもきれいな花瓶なのに……）

異国から取り寄せたものだから、相当高価なものだろう。

エステルは絨毯のやわらかそうなところに向けて、おっかなびっくり花瓶を投げた。

花瓶はなんとか割れずに済む。

（……よかった）

思わず安堵してしまう。物を壊すなんて、持ち主や作った人に申し訳なくてエステルにできるはずがない。

（ルイーズはなぜあんなことができるのかしら……）

真剣に悩んでいたが、ふと、自分を見つめる視線から失態を悟る。

マテウスは半眼になり、カリーナは頬に手を当ててため息をついている。

「カリーナ、あんな感じだったのか？」

「いいえ。割れるものは片っぱしから全部割ったという状態で、ド派手に散らかってましたぁ」

「わ、わかりました！　割ります！」

エステルの返事に、マテウスがあわてて近寄り、抱きすくめてきた。

「やめろ、エステル。無理はするな」

「そうですよぉ。どうしたってできないことを、する必要はありません」

「わ、わたしはできるんですよ!?」

マテウスの腕の中でもがきながら、彼らをまったく騙せていない自分に落ち込んでいた。

翌日、エステルは朝早い時間に侍女の訪問を受けた。彼女から渡されたのは、淡い紫のドレスだ。いつも着るお仕着せとは違うドレスに面食らう。

「これを着て陛下のところに行けということですか？」

「はい」

侍女は神妙にうなずく。エステルは首を傾げた。

「なぜ、このドレスを着なくてはいけないんでしょう」

「わたくしは存じません」

あっさりとした返答に、エステルは眉尻を下げた。

（……自分で訊いたほうが早そうね）

何も知らない人間に根掘り葉掘りたずねても仕方ない。それに、ドレスをエステルに渡して着せれば、彼女の仕事は完了なのだ。

「わかりました。着ていきます」

「お手伝いしましょうか？」

「いえ、ひとりで大丈夫です」

舞踏会で着る身体の凹凸（おうとつ）を強調しなければ着こなせないドレスとは異なり、気心知れた友人の邸宅に出向くときのような一着だ。ひとりで着られるだろう。

「かしこまりました。外で待っていますので、手が必要でしたらお呼びください」

気の利いた返事に感謝する。

「ありがとう」

「では、失礼します」

扉が閉ざされたあと、エステルはじっくりドレスを眺めた。

淡紫色のドレスは襟が詰まり、二の腕の部分が膨らんでいる。スカートの部分はフリルが重なった美しいものだ。

下にコルセットを着て、ペチコートを何枚も重ねれば、美しく着こなせるはずだ。

「……すてきね」

思わず微笑んだ。マテウスの意図はわからない。しかし、こんなドレスを着られるなんて、心が浮き立たないわけがなかった。

ドレスに着替え、髪は結ってまとめる。姿見を見れば、品のいい令嬢くらいには見える。

「よし、これでいいわ」

自分の格好にうなずき、エステルは外に出る。侍女が満足そうに微笑んだ。

「よくお似合いです。とてもきれいですよ」

「ありがとう」

「では参りましょう」

侍女と一緒にマテウスの部屋へ赴くと、彼も身支度を整えていた。仕立てのよいコートと脚衣に皺ひとつないシャツ。いつもとさほど変わらない格好なのに、改めて姿形のよさに目を奪われる。

「すてきですね」

「おまえもきれいだぞ。よく似合っている」

マテウスはうれしそうだ。

「そうでしょうか」

自分の姿を見下ろしてエステルは照れくさくなる。こんなに華やかなドレスを着るのは本当に久しぶりで、どうにも自信がない。

「宝石も贈ればよかったか？　お忍びになるから、あまり派手なのもどうかと迷ったんだが……」

マテウスの言葉に、エステルはあわてて手を振った。

「宝石なんて、要りません。このドレスで十分です」

「そうか……。だが、近いうちに必ず宝石でおまえを飾り立てる。覚悟しておけ」

マテウスのほがらかな笑みに、エステルは頬を染めた。

（喜んじゃだめなのに……）

胸の奥が熱くなってしまう。

「よし、行こう」

マテウスは大股で歩きだす。エステルはあわててあとを追いかけながらたずねた。

「どこへ行くのですか？」

「もちろん、おまえに刺繍を教えてもらうんだ。北に帰る娘たちに刺繍を教えてくれるんだろう？」

「た、確かにパウルさんに頼まれましたが……」

「おまえの刺繍は娘たちを助けてくれる。それは北方の貴族を助けるということだ。俺が知らないはずがない」

すべてお見通しというマテウスに内心で驚きながら、彼のために扉を開ける。

廊下に出て護衛の見送りを受け、エステルは彼に並ぶと横顔を見上げた。

「陛下も一緒に行かれるのですか？」

「ああ」

「そんな、畏れ多い……」

「畏れ多くなんてない。俺がおまえと一緒にいたいだけだ」

マテウスの返答に、内心ではうろたえてしまう。

(そんな理由で？)

うれしいけれど、怖くなった。好意を寄せられて、それを当たり前だと自分が思ってしまうことが。

「……ありがとうございます」

侍女らしく彼の一歩後ろを歩きながら、自分に言い聞かせる。

(甘えてはだめよ)

立場をわきまえなくてはいけない。最後はマテウスと別れなければならないのだから。

馬車回しに至って、馬車に乗る。装飾の少ない馬車は、まるで自分たちの正体を隠すかのようだ。

椅子に座って、窓から外を見る。ルイーズと同乗していたときとは異なり、じっくり見る都は活気があって、つい見入ってしまう。

「あれはパン屋ですか？　プレッツェルを売っているみたい」

「あっちはウインナー(ヴルスト)の店だ」

「まあ、おいしそう」

賑やかな異国の街の光景に、あれこれたずねてしまう。

肩を触れあう距離で、しばし時間を過ごしたあと到着したのは、狭い通りに工房が建ち並ぶ区域だった。

軒先が重なって、日陰ができている通りを職人が行き来しており、とても賑やかだ。

マテウスは迷うことなく一軒の工房に入った。そこには、いつもエステルから服を買ってくれるパウルがいた。

「陛下、いらっしゃいませ」

「エステルを連れてきた。大いに役立つだろう」

「もちろんでございますとも」

マテウスとパウルの会話は初対面のものではないようだった。ふたりは知り合いなのだろうか。

(もしかしたら、わたしが侍女だから事前に話を通してくれたのかもしれないわ)

侍女の仕事もおろそかにはできない。パウルもマテウスから許可を得る必要があったのだろう。

パウルはエステルとマテウスをにこやかに案内した。

「さ、こちらです。北の工房で働く予定の者を集めております」

エステルは気を引き締めた。

(いつものようにすれば大丈夫)

部屋に入ると、長い机に五人の娘が座っていた。はつらつとした姿に、自然と微笑みが生まれてしまう。

「よろしくお願いします」

「こちらこそ、よろしくお願いします」

緊張した面持ちで娘たちが応じる。彼女たちを眺めて、エステルは気が楽になった。

「それでは、みんながどれくらいできるか見せてもらっていいかしら」

できばえを確認してから、何を教えられるか決めたい。エステルの言葉を合図に、娘たちが机に置いていた白い羊毛の布に刺繍をはじめる。

布に針が描くのは、ライラックや薔薇、百合、幾何学模様。エステルは一通り眺めてから、手を止めさせた。

「みんな、なかなか上手にできているわ。ただ、気になるところがあって」

「気になるところとは、なんですか？」

目の下にほくろがある娘がたずねる。

「みな、完成図を頭に描いている？」

「完成図ですか？」

「そうよ。できれば、完成図をきちんと描いてから刺繍をはじめたほうがいいの」

「わたしは、いつも考えながら針を刺すんです」

「それでもいいと思うのだけれど、刺繍を売り物にしたいと思うなら、構図や絵柄に独創性があって、仕上がりが安定していることが望ましいわ。そのためには、最初に完成図を考えておくことが大切なの。完成図があれば、途中で変更するにしても、全体のバランスを考えながら変更ができるわ」

娘たちは素直にうなずいてくれる。それに勇気づけられる気持ちで、説明を続ける。

「古い布に下絵を描くだけで全然違うわ。まずは全体図を決めてから、細部を決めていくのがいいと思うの」

エステルの話を聞いていたのか、なんとマテウスが古い布を運んできた。

娘たちの席に布を配ったあと、筆や絵の具まで配布する。

(マテウスに手伝わせてしまった……)

国王なのに、マテウスは嫌な顔ひとつせずに働いている。

(考えてみれば、離宮でもそうだったわ)

お茶を運んだり、掃除をしてくれたり。マテウスは王宮の中だけで育った王族というわけではないから、抵抗を感じないのだろう。

頼んでいた品をきちんとそろえてくれていたパウルと、配ってくれたマテウスへの感謝を噛みしめながら、布に簡単な画を描きだす。

「こうやって、どういう刺繍にするか案を出すの。時間も短縮できるはずよ」

エステルの絵を見ながら、娘のひとりが困ったようにつぶやく。

「わたし、絵が下手なんです」

「絵を上手に描くことが目的ではないわ。この絵の目的は、刺繍を楽に進めるためにあるのだから」

　苦手意識を植え付けないように明るく告げる。楽な気持ちで作業の中に取り入れてもらうようにしてほしいのだ。

「わかりました」

「では、はじめてみて」

　娘たちはきゃあきゃあと笑いながら絵を描きだした。互いに褒め合ったり、冷やかし合ったりする姿が微笑ましい。

（国は違っても、同じ年ごろの子たちって変わらないのね）

　おしゃべりが好きで、ただ笑い合うだけでも無性に楽しそうにしている。

　エステルは訊かれたことに答え、いくつか気になる部分を指導したあとに、実際に刺繍をはじめるように伝えた。

　娘たちはシュミーズの裾に薔薇をいくつも咲かせてみたり、幾何学模様を組み合わせて花が咲き乱れる野原を生み出してみたり、思い思いに刺繍をする。発想が形になっていく光景に、エステルも胸が躍った。

「ここは糸を粒のように丸めて縫いつければ、ビーズをつけたみたいになるわ」

「似た色を少しずつずらして刺繍をして、色の変化を出すとおもしろいから」

　ひとりひとりに教えてやれば、彼女たちは素直にうなずいて取り入れてくれる。

「何か問題があるなら、教えて」

「昔、家で刺していたときは、糸の種類が少なくて困っていたんです」

そんな訴えを聞き、エステルは曲げた指を顎に当てて考え込んだ。

「……糸はそろえておきたいわよね」

パウルをじっと見つめてから頼んでみる。

「工房で糸の種類をそろえておくことはできますか？」

「ああ、それはもちろん可能です。よい品物をつくっていただきたいですからね」

「できるだけ多くそろえておいて、好きなものを選ばせてほしいのです」

「かしこまりました」

パウルがうなずいてくれたので、安心する。

「というわけで、工房では糸の種類をそろえていただけることになったわ。安心して」

「ありがとうございます」

娘たちがうれしそうにする姿を見るだけで、エステルは満足する。自分が役に立っているという幸福感を得られるからだ。

「この花をもっときれいに刺繍するためには、どうしたらいいですか？」

「大変だけど、細かく色を重ねて……それから、金や銀の糸を足してみたらどう？」

工夫を話すのが楽しくてつい弾んでしまう姿を、マテウスが一心に見つめていることには気づかなかった。

刺繍を教えたあと、エステルはマテウスに連れられて外に出た。

「少し歩こう」

マテウスにそう言われ、刺繍を教えた興奮が冷めやらぬまま彼に続いた。

自然と肩を並べて街中を歩く。距離を置いて護衛がついてきた。

工房通りを抜ければ、服や装飾品を売る店が並んでいた。

ヴェルン王国でも、庶民が着るのは白や生成り色のシュミーズと色のついたワンピースだ。それらには刺繍が施されている——が、物によっては細やかさが足りないと思えた。

「あの向日葵(ひまわり)は上手ね……」

足を止め、店先に飾られたワンピースの刺繍を眺めるエステルは、背後のくぐもった笑い声に振り返った。

「陛……マテウスさま。なぜお笑いに？」

陛下と呼ばないよう言い含められていたことを思い出し、エステルは言い換えた。

「仕事熱心だなと思ったんだ」

「熱心にもなります。あんなふうに頼られたら、感激してしまって」

マテウスはうれしそうに笑っている。エステルは困り果て、眉尻を下げた。

「わたし、変ですか？」

「いや、変じゃない。すごく可愛いぞ」

「か、可愛い？」

なぜ刺繍を熱心に眺めているだけで可愛いという評価になるのだろうか。疑問が顔に出ていたのか、マテウスが続けた。

「おまえが仕事熱心なのがいじらしいと言っている」

「そうですか……」

気恥ずかしくなって、刺繍から目を逸らして歩きはじめる。

すると、彼が追いかけてきながら声をかけてきた。

「エステル、怒ったのか？」

「怒ってなどいません。ただ、恥ずかしくて」

「なぜ恥ずかしいんだ？」

「なぜって……」

まじめに考えてみたら、あまり褒められたことがないから恥ずかしいのだと気づく。

（……いえ、ハンスだって褒めてくれていたわ）

でも、ハンスに褒められるのと、マテウスに褒められるのとでは全然違う。やはり、マテウスに褒められたら、感激が深くなるのだ。

（わたしが、マテウスを好きだから……）

だから、よけいにうれしい。おまけに照れくさくもなってしまう。

（……こんな思い、抱いていてはいけないのに）

自制しても、気を抜くとマテウスに心が傾いてしまう。口の中に苦い味が広がるようだった。

どうしてヴェルン王国に来てしまったのだろう。なぜ、マテウスと再会する羽目になったのか。

ロベールとルイーズの要求になど従わねばよかったのに。

エステルは再び歩きだした。脇目も振らずに歩くエステルが異様だったのか、マテウスが案じるような声をかけてくる。

「エステル、どうしたんだ」

「どうもしません」

「どうもしないわけはないだろう」

「その……あのお店を見たいだけです」

ごまかしたくて、闇雲に指さした店に飛び込む。入ったのは衣服を売る店だ。

壁にはシュミーズとワンピースが吊るされている。その衣装に施された刺繍を見たとたん、エステルは目を見張った。

（これ、わたしの刺繍だわ）

ここはパウルの店なのだろうか。

シュミーズとワンピースはエステルが針を刺したものだった。一刺し一刺し丁寧に刺したライラックが、本物のように鮮やかに咲いている。立体的に見えるように糸を細かく盛り上げた技法を使った、手間のかかる刺繍だった。

「いらっしゃいませ！」

店員らしき少年が近づいてきた。

「ワンピースをご希望ですか？」

「え、ええと……」

マテウスがエステルを追いかけて入店してきた。店員は連れを見て、熱を入れて売り文句を語りだす。

「きれいな刺繍でしょう。ミレッテ王国から取り寄せたものですよ」

「そ、そうなの……」

「はい。しかも、高貴な方が刺繍をされたものなんです」

「ま、まあ、そうなの？」

「ええ。ミレッテ王国の貴族で、なんでも離宮でひっそりと過ごしていらっしゃるご令嬢が、生計のために刺繍をされたんだとか。いじらしいですよねぇ」

「そ、そうね」

自分のことを言われているのが恥ずかしくてたまらない。

「夏祭りの日にどうですか？　おしゃれをしてお祭りに出る……娘さんたちの楽しみでしょう？」

「え、ええ」

「そちらの方は恋人ですか？　おねだりしてみては？」

こそりとささやかれて、エステルは硬直した。

傍(はた)からはマテウスが恋人に見えるのだろうか。

「こ、恋人では……！」

「エステル。欲しいなら買ってやろうか？」

マテウスの言葉に、エステルは頬を染めた。

「ほ、欲しくはありません！」

「お似合いだと思いますよ。なんといっても、ミレッテ王国から仕入れた貴重品……あ、もしかして、ミレッテ王国が嫌いなんですか？　最近話題の陛下に嫁がれるという王女さま、評判が最悪ですからね。今、城に滞在中の王女さまは性格が極悪で、侍女を殴る悪い方だそうですよ」

「な、殴りはしませんわ！」

エステルはあわてた。噂がどんどんひどくなっている気がする。

「陛下はお気の毒ですよね。戦に勝ったのに、性根の曲がったお姫さまを妻にしなきゃいけないんですから」

「いいえ、そんなにひどいお姫さまでは――」

「そうですか？　癇癪がひどくて、部屋の調度を壊して回っていると聞きましたよ」

「どこで聞いたんですか？」

最近の出来事がもう噂になっている。出所がわかるなら、止めなくてはいけない。

「噂だからどこでというわけではないのですが……。お嬢さんは、もしや、王女さまの関係者ですか？」

用心したような顔つきでたずねられ、つい首を横に振った。

「いいえ、違います！　失礼します！」

エステルは逃げるように店を出るや、無我夢中で歩いた。

辿りついたのは、都を突っ切る河だ。ヴェルン王国の北と南を結ぶ物流網にもなっている河には船がいくつも浮かんでいる。

河沿いに植えられた樹の下で、エステルは足を止めた。

心臓がどくどくと鳴っている。隣に並んだマテウスが、驚いた顔をしてエステルを見下ろした。

「足が速いな」

「そ、そうですか?」

関係者かとたずねられて、動揺してしまった。気づけば、あまり見覚えがない場所に至っている。

「追いつかないかと思ったぞ」

「冗談はおやめください……」

あっという間に追いついたではないか。日頃、それほど走っていないエステルが彼を振り切るのは難しいだろう。

「いや、本当だ。ちょっと驚いた」

彼の口元には穏やかな笑みが浮かんでいる。勝手に突っ走った申し訳なさに、瞼を伏せて謝った。

「いきなりお店を出て、申し訳ありません」

「いや、いい。驚いただろう。おまえのところの王女の噂に」

エステルはグッと息を呑んだ。まるきり嘘ではない。それが申し訳なくてたまらなかった。

「正直、他からも結婚反対の声が出ている。ミレッテ王国は礼を失していると」

「それは……」

マテウスが結婚の日取りを決めずルイーズを延々と待たせているせいでもある。そのために、ルイーズは苛立ちを募らせ、周囲に当たり散らしているのだ。

(……だけど、マテウスのせいだけでもない)

ルイーズのあの態度では、遅かれ早かれ問題を起こすだろう。何事も穏当に済ませられないのだ。

「それにしても、ミレッテ王国にはもうひとり王女がいるという。エステルは知ってるか?」

マテウスは河を眺めながらつぶやく。

いきなりの質問に、鼓動が大きく跳ねた。

「わ、わたしは存じません。ご病気だという噂は聞いていますが……」

「ミレッテ王国との婚姻を進めるときに、俺はルイーズではなくもうひとりの王女が欲しいと何度も申し入れをした。ところが、ロベール王は、もうひとりの王女は療養中で無理だと返事を寄こしてきた」

マテウスがエステルに顔を向ける。

エステルは唇を震わせて下を向いた。

（マテウスはわたしに結婚を申し入れていた……）

だが、彼は知らなかっただろうと思う。エステルと王女が同一人物だとは知らなかったはずだ。

心の中に痛みと喜びが同時に去来する。

痛みは、貴族の娘エステルは妻になれないという思いから生まれている。喜びは王女エステルを望んでくれたという思いに根差している。

「そういえば、王女もエステルという名だったな」

顔を覗かれて、エステルは顔色を変えた。

「ミ、ミレッテ王国では、ありふれた名ですので！」

答えたあと、内心で臍を噛んだ。レオンのように偽名を使うべきだったのだろうか。

「そうか」

「そうですわ」

気まずい思いで河を眺めていれば、マテウスが小さくつぶやいた。

「俺はもうひとりの王女のほうが欲しい。彼女は……おそらく苦労しているせいで、やさしい娘のはずだ。思いやりがあって、自制心もある。傷ついた者がいたら放っておけない。だが、そのせいで、損ばかりしているようだ」

喉に何かがぐっとせりあがってくるようで、エステルは懸命に呑み込んだ。

マテウスが求めてくれているのは、自分なのだとわかったからだ。

(でも、無理よ……)

ルイーズが、ロベールが許すまい。それに、一番大切なのは母を守ることだ。

そう思えば、肩が自然と落ちてしまう。

「エステル」

「……もうひとりの王女のことなど、わたしは知りません」

マテウスがどれほどエステルの事情を知っているかはわからない。けれど、今のエステルはマテウスを拒むことしかできない。

「……そうか」

「はい」

うなずいたエステルに、マテウスは痛みをこらえるように顔をしかめる。

そんな彼の顔を見ないように、エステルはどこまでも流れる河を見つめ続けた。


翌日の夜。エステルはマテウスに頼まれ、執務室にコーヒーを運んだ。

(まだ仕事をするのかしら)

工房から戻ってきたあと気まずくて、マテウスと顔を合わせないようにしていたから、彼の仕事がどうなっているのか、よくわからない。しかし、いつもならば、もう寝る支度をする時間になっている。

だが、執務室の扉の前に立てば、仕事をしている部屋とは思えない明るい笑い声が聞こえてきた。護衛が扉を開けてくれたので一歩入ると、広い机の前で書き物をしているマテウスの傍らにカリーナが立っていた。彼女はマテウスに親しげに話しかけているようだ。

「陛下ったら、冷たぁい。わたしもまじりたぁい」

「うるさい。黙れ」

「ひどぉい。冷たすぎるでしょう？」

大げさに首を振って、両頬を押さえている。

「わたしが協力すると申し上げておりますのにぃ」

「カリーナ、部屋に帰れ」

エステルは少し離れた位置にあるソファに近寄り、猫脚のテーブルにトレイを置いた。かがんでポットを手にし、カップにコーヒーを注ぎながらも、落ち着かない気持ちになる。

（すごく心を許し合っているのね）

マテウスはカリーナを腹心の侍女だと言っていた。彼女のことを信頼しているのだろう。

「陛下ったら、意地っ張りなんだから」

するると、カリーナは突然エステルに近寄り、肩に腕を回してきた。

「な、なんですか、カリーナさん」

「陛下がぁ、わたしとエステルさんと陛下で夜を過ごそうっていう提案を拒否されるんですよぉ」

「は、はいぃぃ？」

声がひっくり返るのは当然だろう。手が揺れて、ポットからコーヒーの雫がテーブルに散ってしまう。エステルはあわててポットをトレイの上に置き、身体を起こしてカリーナと向き合う。

「カリーナさん、ふざけるのはよしてください」

精一杯怖い顔をつくり、カリーナをたしなめた。

「ふざけてなんておりません。三人で夜を過ごす……きっと楽しいですよぉ？」

「馬鹿げたことを言うな！」

マテウスが立ち上がり、大股で近づいてくる。

カリーナはあわててエステルの背後に隠れ、エステルをマテウスに向き合わせた。

「だって、陛下ったら、昼間は切ない吐息を漏らしていたではないですかぁ。エステルさんを抱きたいって」

「それは真実だが、なぜおまえも混ざろうとする」

「だって、楽しそうですし？　陛下の精力ならば、ふたりを同時に愛することだって可能なはずですわぁ」

　エステルの背後に立つカリーナがエステルの肩を押さえる。女とは思えぬ馬鹿力に、エステルは動けなくなった。

「カ、カリーナさん？」

「さ、陛下。エステルさんにくちづけをして、わたしたち三人で愛し合う準備を整えてくださいな」

「何をおっしゃっているんですか!?」

　三人で愛し合うなど、とんでもなくふしだらだ。いや、今でも十分ふしだらな関係に陥っているのに。

　ところが、目の前に立つマテウスが半眼になった。

「……そうだな。俺はエステルと愛し合いたい」

「陛下!?」

「いいかげん、おまえも認めるべきだ。俺を好きでたまらないという事実を」

　とんでもないことを言って腰を抱いてくる。本気で事に及ぶつもりなのか。

(そんなのは無理よ)

　しかし、前からはマテウスに腰を抱かれ、背後ではカリーナが肩を摑む。どちらも力が強くて、エステルには振りほどけない。

「や、やめて──」

拒否の言葉はくちづけにふさがれる。

マテウスの唇はエステルの唇を覆うや、すぐに舌を滑りこませてきた。

「う……ううっ……」

逃げる間もなく舌を捕まえられて、先端から根元まで舐められてしまう。首筋をぞくぞくと快感が走って、エステルの身体は自然と逃げかけた。

「だめですよぉ。気持ちいいことから逃げちゃ」

カリーナが肩を押さえて耳元でささやく。かすれた声には奇妙な色気があって、耳の奥がじんと痺れるようだった。

「ん……んんっ……」

マテウスは舌でエステルの口内を舐め尽くす。

舌どころか、歯のひとつひとつを舌先でくすぐり、頬の粘膜を舐めてくる。恥ずかしさに身じろぎするが、マテウスは身体を密着させてきた。

恥丘に当たるのは、脚衣の下ですっかり硬度を増した男の剣だ。

（う、嘘っ……！）

このあと起こることを想像すると、頭の中に警鐘が鳴り響く。

(本当に三人でするの?)

カリーナとエステルとマテウスの三人で情事をするのだろうか。女ふたりと男ひとりで可能なものなのか、エステルにはよくわからない。わからないが、常識はずれだということは理解できる。

そんなエステルのためらいを壊すように、マテウスはエステルの恥丘に硬いモノを押しつけてくる。今すぐにでもエステルの中に潜りたいと望んでいるかのようだ。

「いいなぁ、楽しそう」

カリーナがエステルの首筋にちゅっと音を立ててくちづけしてきた。エステルの背がすくむと、マテウスがくちづけをやめ、荒々しい口調で叱責する。

「カリーナ、おまえはエステルに触れるな」

「ええー! 陛下のケチ!」

「誰がケチだ」

「んもう、エステルさぁん! ベッドに行きましょう。そして、続きを楽しみましょうよ!」

カリーナに押されて、エステルは足をもつれさせながらも動かす。

マテウスも手首を摑んで居間を通り、寝室へ引きずり込もうとするから、もう逃げようもなかった。

「い、嫌です！　そんなこと、できません！」

エステルは足を突っ張ろうとしたが、ふたりとも馬鹿力で、抵抗は不可能だ。

「やめてください！」

「照れなくても大丈夫ですよぉ？　陛下には何回も抱かれているんでしょ？」

カリーナに指摘され、エステルは頬を朱に染める。

ルイーズに知られたらどんな目に遭うかわからない事実だ。なぜ、カリーナは知っているのだろうか。

「そんなに怯えなくても大丈夫ですよぉ。秘密を共有して楽しもうって言っているんですから」

「いえ、それが無理で――」

「じゃあ、わたしは見るだけにしようかなぁ。陛下がエステルさんを可愛いがっている光景を見学したいんですよね」

カリーナはのんきに言うが、それだけは阻止したい。

「見られるのは困ります」

「じゃあ……ちょっとだけならいいでしょう？」

「ちょ、ちょっとだけでも困ります！」

必死に首を振ったが、エステルはとうとう寝室に引きずり込まれてしまった。

執務室よりは灯りが抑えられていて、これから情事がはじまるのだと証明しているようだ。

ベッドに押し倒され、エステルはあわてて半身を起こそうとしたが、マテウスにのしかかられる。エステルは彼を見上げた。

「陛下、どうしてこんな……」

「俺はおまえの身体に訊きたい。俺のそばにいたいか、いたくないか」

エステルは喉を震わせた。

本音は決して打ち明けるわけにはいかない。

「わたしは……陛下のおそばに、いたくありません……」

エステルは彼から顔を背けて言う。本心では彼と共にいたいのだ、と認めるわけにはいかない。

「嘘だな」

マテウスがまっすぐにエステルを見つめて言い切る。エステルは息を呑んだ。

「そうですよぉ。エステルさん、素直にならないと」

カリーナがベッドにのり、エステルの頭のそばに陣取って、胸のボタンをはずしはじめた。

「カリーナさん!?」

「陛下に抱かれているときはわかるでしょう？　陛下が好きでたまらないってこと」

「おい、カリーナ。やめろ」

「んもう、手伝っているだけですって。おかしなことはしませんから」

エステルはカリーナの手首を摑んでみたが、彼女の手はまったく止まらなかった。

さっきもそうだが、カリーナは容易に振りほどけない腕力があって、エステルは面食らってばかりだ。

カリーナはあっという間に腹のあたりまでボタンをはずしてしまった。コルセットがあらわになって、エステルは焦る。

「だ、だめ……だめですっ……」

「エステルさん、可愛いなぁ。陛下が夢中になるのもわかる」

カリーナがエステルの両頰を両手で挟んで、意味ありげに微笑んだ。

「そんなはずは……」

「反応いいですよねぇ。陛下もいやらしいことしたくなるわけだなぁ」

首や鎖骨をなぞられて、くすぐったさに身をよじる。

「カリーナ、おまえはもう出て行け。邪魔だ」

「ええー！　陛下ったら、ひどーい」

「俺はエステルと大切な話があるんだ」

「身体に触れるのが大切な話になるんですか？」

カリーナが微笑みながら、からかってくる。

マテウスは深く息をつき、カリーナを睨んだ。

「ああ、大切な話だ。俺はエステルを説得したいんだから」

「説得ですかぁ」

カリーナがくぐもった笑いを漏らした。

「まあ、身体で説得するのもありですよね」

「わかったなら出て行け、カリーナ」

「はぁい。ごゆっくり説得されてくださぁい」

カリーナは笑いながらベッドから下りた。それに乗じて逃げようとしたが、マテウスがすばやくのしかかって、エステルをベッドに縫い留める。

「陛下……！」

首を振ってみたが、彼はエステルにくちづけをした。

舌を強引にねじこみ、舌を触れあわせて、官能を強制的に高めてくる。

「ん……んんっ……」

エステルは眉間に皺を寄せ、官能を抑え込もうとした。

（……感じてはだめよ）

マテウスの手に、唇に、悦びを得ているのだと思われたら、本心が知られてしまう。

（わたしもマテウスと一緒にいたい）

そう思っていることが伝わってはいけないのだ。自制をしなければならない。

マテウスに与えられるものから心を背けようと努める。だが、そんなエステルを嘲笑うように、マテウスは舌をぬるぬると絡めてきた。

ぬるつく舌と舌を重ねながら、マテウスは右手で胸を揉んでくる。コルセット越しに乳房を摑まれ、揺さぶられて、肩がぴくりと震えた。

「――――！」

声を出さないように耐えていたのに、くちづけをやめたマテウスは尖りだした乳首を念入りに押し回してくる。左手はたくしあげたドレスの裾から侵入し、ドロワーズの上から狭間に触れはじめた。

「あ……ああっ……」

布の上から蜜孔をこすった指が雌芯へと移動する。布を押しつけるようにこすられて、エステルはもどかしい性感に身悶えた。

「ん……ん……んんっ……」

「エステル、肌に直接触れられたくないか？」

耳に吹き込まれる誘惑に、エステルは首を必死に左右に振った。

「触れられたくなんか、ありません」

そう答えながら、喉が渇いてひりつくような気持ちだった。

（このままでは……）

中途半端に焦らされてもどかしかった。どうせなら、感じるところに直接触れられたい。

（こんなことを考えては、だめなのに）

自分の浅ましい思考が情けなかった。素肌に触れられたいなんて、未婚の娘が望んでいいことではない。

けれど、マテウスの触れ方は絶妙だった。

双乳は張りつめだし、下肢は濡れてしまっている。股間に貼りつく布の湿った感触に、泣きたくなってしまう。

「意地っ張りだな」

マテウスはくぐもった笑いを漏らし、エステルの首筋にくちづけてから、下肢の愛撫を強める。尖りかけた雌芯を布越しにこすられて、腰が揺らめいた。

「や……いやっ……」

「もっと気持ちよくなれるのに、どうして肌に触れさせてもらえないんだろうな、俺は」

わざとらしくため息を漏らしてコルセットを強引に引きずり下ろし、あらわれた乳首を指先で回してくる。

涙目になって彼を見つめれば、彼も熱く見返してきた。

青い瞳には欲望がはっきりと浮かんでいる。エステルとの情事を望んでいるのだとその瞳が告げてくる。

(……わたしもあなたが好き)

告げられない言葉が頭の中で渦巻く。それが通じてしまったのだろうか。

マテウスは勢いよくドレスを胸の下までずり下ろすと、コルセットも紐を引きちぎる勢いで剝ぎ取ってしまう。

蕾のように丸くなった乳首を口内に吸い込まれ、エステルは悩ましく息を吐いた。

「あ……んんっ……」

唾液をたっぷりとまぶされて、舌を絡められては転がされる。性感が下肢に響いて、新たな蜜が流れだす。

つい腿をこすりあわせていたら、マテウスは乳首をもてあそぶのをやめた。

乱れるエステルの姿に満足そうな顔をしてから、ドロワーズ越しに蜜孔に触れる。

「ここもすっかり濡れてきたな」

布が湿り気を帯びて、肉体が愛撫を受けていることを如実に示していた。

「だ……だめ……」

「エステル、このままでいいのか？　こんなふうに布越しに触れられているほうが満足なのか？」

マテウスは曲げた指で蜜孔をぐりぐりとこすりたてる。荒っぽいくらいの触れ方なのに、布を隔てているせいか、性感を得てしまう。

(だけど、足りないわ……)

狭間を直接こすられたほうがずっと気持ちいいのだと知っているからだ。マテウスの指は焦らすように触れてきて、エステルの眉間が自然と寄ってしまう。

「エステル、言ってみろ。本心を」

「……本心なんて、ありません」

「いや、あるだろう。隠しているものが」

雌芯をつぶすように転がされ、眉間の皺がいっそう深まる。

(あと少しでとろけるような心地になれるのに……)

あと一歩でもっと気持ちよくなれそうなのに、なれない。それがもどかしくてたまらない。

「ほら、言ってみろ」

鈍すぎる性感に、エステルは肩を震わせた。

きゅっと唇を鎖して、けれども迷いに揺れる。

「ちゃんと本心を打ち明けてくれないと、いつまでも終わらないぞ」

脅しのような言葉を聞き、マテウスの顔を見上げると、彼は意地悪な笑みをたたえていた。

（そんな……）

とはいっても、身体は灼熱を求めているのに、中途半端にとろ火で煮られているような状態が続くのはつらすぎる。

「エステル、早く言うんだ」

ぬるついているはずの狭間を指先でなぞられて、エステルは背を反らした。穏やかな快感がじんわりと広がるが、もっと強いものが欲しかった。耐えきれなくなって、とうとう涙目になりながら訴える。

「……さわってください」

震える声でつぶやいたが、マテウスは素知らぬ顔をする。

「もっと大きな声で」

要求に、エステルは恥ずかしさをこらえ、ほんの少しだけ声を強めた。

「直に触れてください」

マテウスはしてやったりというように笑い、エステルのドロワーズを脱がせる。湿った布が剝がされる感触に、ひくりと喉を鳴らしたが、濡れた花びらに指が触れてきたら、甘いため息がこぼれた。

「……エステルの身体は、感度がよくなったな」

「そ、そんなことありません……」

ぬるつく蜜孔をくすぐった指が、蜜をまとって女芯を捕らえる。快感を得て尖ったそこを指でつままれ、こねまわされれば、圧倒的な快感が生まれた。

「あ……あぁっ……ああぁっ……」

鮮烈な刺激に、腰が自然と浮く。濡れた指が縦横に動くたびに、陰核は苦痛に近い強烈な快感を放った。

「だめ……だめっ……」

「なあ、エステル。言ってくれ。俺をどう思っているのか」

マテウスがもう一方の手で乳房を揺すりながら言う。

「ひ……いや……そんなにしちゃ……あぁっ……」

胸も下肢も彼にいいようにいじられて、追いつめられている。

腹の奥が熱くとろけてしまいそうで、エステルは無意識に首を振った。

「だめです、だめ……同時には……無理……」

このままでは打ち明けてしまいそうだ。心の底に閉じ込めるのだと決めた思いを。

「俺はエステルを……エステルだけをずっと可愛がりたい」

赤裸々な願望を漏らしながら、手と指が絶え間なく蠢く。身体の奥深くにたまった熱が大きく膨張していく。

「だめ……だめっ……」

とどめのように女芯をひねられ、白い奔流が背を駆け上がって脳を焼く。

エステルは背を反らして絶頂を堪能した。

びくびくと揺れる身体をマテウスが抱きしめてくる。彼の熱い腕に抱きすくめられ、陶酔にひたった。

「エステル」

強く抱かれて、エステルは彼にすべてを捧げたくなった。

愛を感じさせてくれる男に、身も心もゆだねたい。尽きない憂いも悩みもひととき忘れて、彼と結ばれたかった。

「……好きです。わたしは陛下が好き」

ぽろりとこぼれた言葉を聞き、マテウスは驚いたように顔を見つめてきた。

「本当か？」

「本当です。でも……」

妻にはなれない。父から認められていないエステルでは、マテウスの力にはなれない。

ルイーズが妻になれば、ヴェルン王国とミレッテ王国との結びつきが深まる。

「……でも、わたしは妻になれません」

唇を噛んで、唖然とするマテウスを見つめる。

「……今、陛下に抱きしめられて、幸せです。妻にはなれなくても、この幸せだけでいいんです」

マテウスが愛をささやき、抱きしめてくれるこのひとときを思い出に、ずっと生きていけばいい。

（それでいいのよ）

ルイーズには申し訳ないと思う。だが、今だけ。ほんのひとときだけ、許してもらえないだろうか。

マテウスは呆然としていたが、みるみるうちに悩ましげな表情になった。

「……おまえはなんて頑固なんだ」

そう言うなり、くちづけてくる。

雄の猛々しい匂いに包まれて狼狽したが、彼が舌を追いかけまわすから、逃げようもなくなる。

ろくに抵抗もできぬうちに、彼が自身の脚衣を下ろす気配がした。下肢を組み合わされれば、拒否する間もなく剛直の先端が蜜孔に押し当てられる。

「――！」

ぬかるんだそこは、マテウスの侵入を一切拒まなかった。濡れそぼった蜜洞は男根をあっさりと呑み込んでいく。

「ふ……ふうっ……」

喉の奥を舌で攻められながら、蜜洞も犯されていく。膨張しきった肉棒の圧力は、痛みどころか快楽を与えてきた。

奥の奥に先端が届いたところで、マテウスはくちづけをやめた。咲きほころんだ花弁の間に突き刺さった男根がゆったりと動きだして、エステルは官能の愉悦に腰を揺らす。

「あ……ああっ……あん……あああっ……」

「おまえが俺を好きだと言ってくれたなら、もう遠慮はしない」

マテウスがいったん引いた男根を根元まで押し込んでくる。律動は激しく、エステルは悲鳴をあげた。

「あ……あ……あああっ……いやっ……」

ぬちゅぐちゅと泡立つ音が耳を打つ。恥ずかしいのに、濡れそぼった蜜襞を荒々しくこすられれば、たまらなく気持ちがよかった。

「ひっ……ああっ……いい……そこっ……」

恥丘の裏の張りだした部分をこすられたかと思いきや、最奥を無遠慮に突かれる。緩急(かんきゅう)のついた抜き差しに、エステルは乳房を揺すって感じ入った。

「あ……だめ……気持ちいいっ……」

快楽に引きずられて、あからさまな感嘆を漏らしてしまう。深い部分に攻め込まれ、眉を寄せて悲鳴をあげた。

「あ……いいっ……ああっ……」

粘膜をかきわけて出入りする肉棒に官能は深まるばかりだった。命綱のようにシーツを摑んで、暴走しそうになる熱に耐える。

「エステル、おまえを妻にする。絶対に」

熱く突き込みを繰り返しながら言われた誓いの言葉に、エステルは身震いした。

「だめです……だめ……」

「俺はおまえだけが欲しいんだ。おまえの制止は聞かない」

断言と共に最奥を抉(えぐ)られる。自身でも届かぬところを容赦なく抉られて、深い快楽が全身に広がった。

「あ……あああっ……いやっ……ああっ……！」

誰の侵入をも拒む閉ざされた扉を壊すかのように激しく貫かれ、背を反らした。

下肢が甘くとろけて、破裂する熱を止めようもなかった。

「ひっ……ひぁっ……あああっ……」

身体の奥から噴出した波がエステルを押し流す。深い極みの波にさらわれて、官能の愉悦を味わい尽くした。

（気持ち……いい……）

脳内が白く染まり、快感を享受している蜜洞の深奥に熱いしぶきがかけられた。

エステルは瞼を閉じて、それを受け入れる。マテウスが腰を強く抱いてきて、汗に濡れた肉体を密着させてきた。

（……妻になれなくてもいい）

ただ愛し愛される——そんな関係でいられれば満足だ。

そう考えれば、王女という身分がとたんに足枷になるようだった。

ただの貴族の娘なら、愛人という立場に置かれても問題ないだろうに。だが、王女である以上、彼のためにもミレッテ王国のためにも、立場をわきまえるべきだ。

「エステル。俺はおまえを妻にする」

断固とした宣言に目を開ければ、マテウスはエステルの瞳を覗いて言う。

「必ずだ。そのためなら、俺はどんなことでもする」

剣呑な誓いに血の気が引いた。

「やめてください」

「嫌だ」

「わたしは、そんなことは望んでいません」

望みはひっそりと暮らしていくことなのに。

「ルイーズを殺すと思っているのか？」

問われて、エステルはおずおずとうなずいた。いくらなんでも、そんなことはさせられない。

「おまえの境遇を思えば、望んでいいことだぞ？」

そう言われても、とてもうなずく気になれなかった。

「……わたしは、そこまで願えません」

たとえ、どんなに仲が悪くても、エステルはルイーズの姉だ。姉が妹の死を願うなんて、絶対に許されないことだ。

マテウスはため息をつき、エステルの額に彼の額を押し当ててきた。すぐそばにあるぬくもりに、胸が温かくなる。

「……やはり、そう言うと思った。おまえはやさしい」

マテウスはエステルの手を握り、互いの胸の間に挟む。彼の大きな手に包まれて、エステルは束の間の安らぎを得た。

「俺にまかせておけ」

マテウスにおずおずとうなずく。

母は無事でいられるのか、そもそもルイーズをどうするのか。

マテウスの重みを全身に受け、幸福を感じていいはずの胸に帰来(きらい)した不安は、エステルの心の底にいつまでも影を落とした。

四章　それぞれの正体

翌日、エステルはルイーズに呼びだされた。

重たい気持ちと疲れた身体を引きずるようにして客館に赴くと、ちょうどカリーナが出てくるところだった。深緑色の落ち着いた色のドレスを着て、さっそうとした身のこなしをしている。階を下りてきた彼女は、悪びれることなく微笑んだ。

「あら、エステルさん。こんにちは」

「カリーナさん？」

カリーナはルイーズに突き飛ばされて大けがを負わされたため、ルイーズに批判的な発言をしてきた。それなのに、ルイーズのところに足を運んだのが意外だった。何か文句でもつけられたのだろうか。

「どうかなさいましたか？」

エステルの問いに、カリーナは意味深に微笑んだ。

「うふふ。ちょっとした野暮用で」

「野暮用？」

「そうなんですぅ。どうぞお気になさらず」

ふわふわとした足取りで傍らを通り過ぎていく彼女に面食らう。

（どんな用なのかしら……）

カリーナは侍女だから、用事を言いつけられたら引き受けるだろうが、そもそも、カリーナに命じる用事がルイーズにあるのだろうか。

彼女の背中を見送ってから、エステルは客館の扉に向かった。

（しばらく呼ばれることがなかったけれど、いったいなんの用かしら）

ルイーズと会うたびに気が重くなる。彼女を裏切り、マテウスとの愛を深めているのだから、当然だ。

（殺されても仕方ないくらいだわ）

覚悟を決めて客館の中に入る。迎えた侍女と一緒に応接室に入ったところ、ソファにルイーズが座っていた。

（……ゾフィーがいないわ）

いつもそばに控えていたのだが。

不安が胸に差したとき、ルイーズは不快げに鼻を鳴らした。しかし、いつもと違って物を投げたりはしてこない。

そのことを怪しんでいたら、ルイーズが顎を反らした。

「陛下と話はついたの？」

とたん、身体が委縮するのを感じた。

「それは――」

「結婚の日取りは決まったのかと訊いているのよ！」

苛立たしげに言われ、エステルは喉を鳴らしてから答える。

「……まだ決まっておりません」

エステルの返答に、ルイーズはあからさまに息を吐きだした。

「無能な女ね」

「……申し訳ございません」

「あの母親の娘だもの。仕方ないわね」

肩をすくめてルイーズがつぶやく。エステルはこみ上げる不快感を抑えて、ルイーズに反論した。

「……わたしはともかく、わたしの母が無能かどうかなどご存じないはずです。王宮には長い間顔を出していないのですから」

母は子を失い、病を抱えたまま、すぐに王宮から追放されたのだ。

ところが、エステルの反撃を聞いても、ルイーズは怯むどころか蔑みの笑みを浮かべる。

「無能よ。腹の中の王子を守れなかったじゃない」

エステルはこぶしを握り締めた。

「……母は不幸な事故に見舞われただけです」

「不幸な事故じゃないわよ。あれはね。わたしのお母さまが侍女を使って王妃を階段から突き落としたの」

（――えっ？）

呆然としたあと、猛烈に怒りが湧いてきた。

「……なんですって」

「だって、王妃に男子が生まれたら困るじゃないの。お父さまからはとっくに愛されてなかったけれど、一応身分だけはあるもの。それで男子なんか生まれたら都合が悪いわ。だから――」

エステルはつかつかと歩いて、ルイーズのすぐ前まで近づいた。彼女を前にしたときにいつも覚えていた遠慮や怯えの気持ちは今はない。

「……それでも人間なの？」

怒りを込めたエステルの言葉に、ルイーズは呆気にとられたあと、眦を吊り上げた。

「生意気な物言いをするのね。おまえこそ恥知らずじゃないの！　おまえは――」

怒気をぶちまけようとしたらしきルイーズだが、唐突に黙り込んだ。そのことに面食らい、エステルもいったん落ち着くことになる。

ルイーズは肩を上下させたあと、エステルに軽侮のまなざしを注いだ。

「おまえの相手をする時間がもったいないわ。わたしはミレッテ王国の王女だもの」

自分に言い聞かせるようにつぶやいたあと、驕慢(きょうまん)な笑みを口元に貼りつける。

「それより、わたしとの結婚の日取りについて陛下に話をしておくのよ。いつまでもぐずぐずしていたら、故郷にいる母親がどうなるかわからないと思いなさい」

エステルは唇を噛みしめた。母がミレッテ王国にいる以上、人質をとられているのと同じようなものだ。

「……はい」

「話は終わったから出て行って。生意気な女の顔など見たくもないわ」

おぞましいと言わんばかりの対応に、エステルは礼をしたあと応接室を辞した。

外に出て、青い空を見上げながら長く息を吐く。

足枷が幾重にもついている気がするのは、母が気がかりだからだ。

（お母さま、ご無事かしら）

母の様子がわからずに困り果てていた。ルイーズが情報をくれるわけもなく、周囲も同様だ。

ミレッテ王国との間を行き来する使者に手紙を届けているが、返事はきていない。

（……もしかしたら、ルイーズは陛下とわたしの関係を察したのかもしれない）

うつむいて顔を手で覆った。

（だから、母のことを持ちだした）

ルイーズは、結婚できなければ、本当に母を害するだろう。

（……母を守るためには、マテウスの力を借りるしかない）

エステルが頼れるのはマテウスだけだ。異国の王だというのに、彼のほうがエステルの味方をしてくれるのだから。

（でも、どう説明しよう）

マテウスはエステルの正体に勘づいているのではないか。だとしたら、正直に自分の正体を打ち明けてもかまわないように思う。

（だけど、そうなったら、結婚の話は……）

マテウスは何度もエステルに愛を告げてきた。おそらく、ますます遠慮なく求婚してくるだろう。

（……でも、それは受けることなどできない）

母が心配でたまらなかった。加えて、父がルイーズを差し置いてエステルを嫁がせるはずがないと確信できる。

（結婚は和平のため……）

父が賛成しないなら、意味がないものになるだろう。

悩みながら宮殿へと歩いていれば、嘆きの塔が見えてくる。いつものように足を止めてそこを見上げれば、塔の入り口からカリーナがあらわれた。

エステルは、とっさにすぐ近くに植えられている低木の陰にしゃがんで隠れる。

カリーナはさっきとドレスを替えていた。紺色のお仕着せの服を着た彼女は気だるい雰囲気だったが、入り口の脇に立つ衛兵の肩を気安く叩いている。

(……どういうことなの)

塔にいるのはマテウスに幽閉されているジークだ。カリーナはジークの世話をしているのだろうか。

(それとも、まさか恋人?)

密かに想いを寄せあっているふたりが、塔の中で逢瀬を重ねているのか。

(でも、カリーナはマテウスを好きなのでは……?)

おかしな妄想を聞かされたことを覚えている。

考えを巡らせているうちに、カリーナは足取りも軽く塔を離れる。

彼女の姿が見えなくなってから、エステルは低木の陰から出た。塔を見上げるが、もちろん変化などあるはずもない。

(どういうことなのかしら)

もしかしたら、カリーナはジークと結託し、マテウスから玉座を取り戻す謀を企てているのではあるまいか。

想像は尽きることなくエステルの心の中で繰り返された。

さらに翌日。

パウルからマテウス経由で依頼され、エステルは刺繍を教えに工房に赴いた。エステルがいない間でも、工房の娘たちはそれぞれ仕事を進めていたようだ。

「ここはどうしたらよいですか？」

疑問にひとつひとつ答え、時には手を添えて教えてやる。

みな笑い合いながら作業を進める姿が微笑ましい。

(うらやましいわ)

娘盛りのひとときを彼女たちは無邪気に謳歌しているように見える。

中にいるひとりの娘が立ち上がって近づいてくると、遠慮がちに話しかけてきた。

「あの、ご相談にのってほしいことが」

「何かしら？」

「自分なりの刺繍はどうすればできますか？」

エステルは言葉に詰まった。

それはエステルがずっと悩み、今でも悩んでいることだった。

「わたしの方針は、この間言ったけれど……それ以外に、好んで使っている技法もあるわ」

エステルは近くの椅子に座り、見本にこしらえた刺繍を手にした。

木枠に嵌められた布には、木の枝に留まる小鳥が刺繍されている。糸を盛り上げるように重ねる、あるいは糸玉を繋げていくやり方を教えてやる。

「手間はかかるけれど、こうすると立体的で可愛らしい刺繍ができるの。もちろん、どんなものにでも使えるわけではないけれど、色々な技法を覚えていれば、個性的な刺繍ができるわ」

いつのまにか周囲には娘たちが集まり、うなずきながら見学している。

「時間がかかりそうですね」

「だから、どんなときもこの技法を使っているわけではないの。花嫁衣装なんかにはいいと思うわ」

「すてきです」

娘たちの賑やかな声がうれしい。エステルは針を刺しながら、気持ちが晴れ晴れしていくように思えた。

「こうやって、鳥を生き生きと描いていく……。すごく楽しいわよ」

「エステルさんは楽しそうに刺繍をなさっています。それが秘訣なんですね」

ひとりの娘の言葉に、エステルは目を見開いた。そう言われればそうだと同意できた。

「……そうね。楽しんでするこことが一番なのかも」

「ですってよ。わたしたちも楽しまなくちゃ」

楽しげに笑い合う娘たちを眺めながら、エステルの胸には感動が押し寄せた。

(……そうよね。楽しんでいたんだわ)

刺繍をしているときは、放逐(ほうちく)された悲しみや怒りを感じずに済んだ。だから、夢中になって布に絵を描いていたのだろう。

エステルは思わず微笑み、布に新たな糸玉をこしらえた。

針を何度か刺してみれば、小鳥は空に飛びあがりそうに生気に満ちた姿をあらわす。

(わたしは、刺繍を拠り所に生きていけるわ。大丈夫)

みなぎる自信のまま糸を断ち切った。


夕刻、久しぶりに晴れやかな気分で帰城したエステルは、報告をするためにマテウスに会いに行くことにした。

コーヒーの入ったポットとカップをトレイにのせ、マテウスの執務室へ向かおうと曲がり角にさしかかったところで、カリーナを見かけた。彼女は宮殿でも奥まったところへ向かっている。

（何かしら……）

この間からカリーナのことが気になっていた。もしかしたら、マテウスを裏切るつもりなのかもしれないと不安がよぎり、彼女を追いかけたいと思ってしまう。しかし、手にしたコーヒーが荷物になっていた。

エステルは周囲を見回し、通りかかった侍女を捕まえた。

「これ、陛下のところに運んでいただけますか？」

「え、あ、はい」

コーヒーを侍女に託して、カリーナが去った方へ向かう。

宮殿はいくつもの棟が繋がっているから、見失ったらどこに行ったかわからなくなる恐れがあった。

カリーナの背を見失わないようについていく。ひとけがないため、不安は自然と大きくなった。

絵画が飾られた廊下を抜け、中庭沿いに歩く。

宮殿は広いから、エステルが足を運んだことがない場所は当然あるが、一度も足を踏み入れたことがないエリアだった。

角をいくつも曲がり、どこを歩いているのかわからなくなったころ、カリーナはとある部屋の前で立ち止まり、鍵を開けてから足を踏み入れた。

エステルは閉まった扉の前で躊躇した。

（どうしよう……）

勝手に入ることはできないから、外で待っているしかないのか。

迷っていたら、いきなり扉が開いて、中からカリーナが顔を出した。

「エステルさん、尾行が下手ですよぉ？」

カリーナは満面の笑みだ。

「す、すみません」

そう答えたあと狼狽する。

「ただ、どこに行くのかと気になっただけですわ」

「なぜわたしのことを気になさるんです？」

カリーナが首を傾げる。エステルは返答に窮（きゅう）した。

（ジーク殿下とどういう間柄なのか）

それがエステルのたずねたいことだ。

（もしも、何か謀があったら……）

とはいっても、エステルが口を挟めることではない気もする。何かあったとしても、ヴェルン王国内の問題なのだ。

(でも、見過ごすことはできない)

マテウスを傷つけられたくないのだ。

だから、カリーナの情報を手に入れるのは必要だと思う。ジークとどれほど親密なのか。侍女として世話をしているだけなのか、それとも、服を着替えるくらいに〝深い〟仲なのか。

「エステルさん、答えないと、こちょこちょしますよ?」

ピアノでも弾くかのように両手を動かすから、エステルは首を左右に振った。

「そ、それはやめてください」

「では、素直にお答えを。なぜわたしをつけたんです?」

カリーナに追及され、エステルは思い切って質問した。

「……カリーナさんは、ジーク殿下とどういうご関係なのですか?」

「はいぃ?」

「嘆きの塔から出て来ていたでしょう?」

エステルの確認に、カリーナは手を打ちあわせた。

「あらぁ、見られていましたか」

「ええ」

「うふふ。わたし、ジーク殿下の遊び相手ですから」

「あ、遊び相手?」

「陛下もご承知ですから、ご安心を」

それならばと安堵するエステルをカリーナは手招きした。

「さ、どうぞ。中に入ってくださいな。お知らせしたいこともありますから」

エステルはカリーナに誘われるまま入室する。部屋に入ったとたん、ぎょっとした。

「こ、これは――」

部屋一面に、刺繍のされたシュミーズとワンピースが飾られている。

そして、そのすべてに見覚えがあった。

(わたしが仕上げたものだわ)

エステルが刺繍をして、パウルに売ったものだ。それがなぜ宮殿の一角に飾られているのか。

「エステルさん、全部、ご存じでしょう?」

カリーナが顔を覗いてきた。エステルは視線を逸らす。

内心では心臓がどくどくといっている。エステルは、しかしはたと気づいた。

(……どうしてわたしが刺繍したものを集めているのだろう)

理由がないとは思えない。

「これは陛下が集めたものなんですよぉ？　即位してこのかた、誰に着せるわけでもない女物の衣装を収集しているんですぅ」

「……そうなんですか」

エステルは極力感情を出さないようにして応じる。頭の中がすっかり混乱しきっていた。

「好きな方が刺したものだそうですよぉ？　陛下は政務の間にたびたびこの部屋に入られて、刺繍を眺めていらっしゃるんですぅ」

「そうですか……」

「ねぇ、エステルさん。こんなに想いを寄せられる方はどんな方なんでしょう。なんでも、陛下曰く、とても高貴な方だそうですよ」

「高貴な方？」

「この方のお邸に滞在していたとき、邸にあった肖像画に獅子と百合の紋章をみつけられたとか。それってミレッテ王国の紋章ですよね。絵の中の肖像画は、五十年前に廃された王子の名が記されていたそうですよぉ。そんな曰く付きの絵が飾ってあるお邸……ミレッテ王国の離宮だろうというお話でしたわぁ」

「そうですか……」

エステルはうつむいて記憶を探る。

（そういえば、掃除をしてもらったことがあったわ）

あのときに気づいたのだ。

（わたしの正体、やはり知っていたんだわ……）

カリーナが得意げな顔をして指摘する。

「エステルさんはその離宮におられたんでしょう？　ミレッテ王国の王女さまですよね？」

カリーナの質問に、エステルは立ち尽くした。

（どうしよう……）

ここまで知られているなら、もう言い逃れをしても仕方がない。もういっそのこと認めてしまったほうがいいのではないか。そう思える。

（そして、お願いしたほうがいいんじゃないかしら。お母さまのことを）

母の庇護を頼めないだろうか。

（お母さまを守っていたら、いつかは王妃として王宮にお戻しできるのではないかと思っていたけれど……）

しかし、ルイーズのあの剣幕がエステルに得体の知れない危機感を呼び起こした。

（むしろ、最優先に考えるべきは、お母さまのお命を守ること）

だとしたら、祖国であるミレッテ王国のほうが信用ならない。ヴェルン王国のほうが

――マテウスのほうが母の身の安全を確保してくれるような気がする。

「エステルさん、認めたほうがいいですよ？　決して損はしないはずですから」

カリーナはまじめな顔と真摯な語り口で提案してくる。

その姿に励まされた。わたしは、ひとつ息を吸ってから大きくうなずいた。

「……そうです。わたしは、ミレッテ王国の王女です」

打ち明けてしまうと、肩から力がすとんと落ちた。今まで重い荷を背負ってきたが、ようやく下ろせた――そんな気持ちになった。

「やはり、そうだったんですねぇ」

カリーナがしみじみとつぶやく。

「道理でエステルさんはふつうの侍女とは違うなぁと思っていたんですよぉ」

「そうでしょうか」

「ええ。よかったですねぇ、エステルさん」

カリーナは両のこぶしを顎に当て、黄色い声をあげた。

「陛下はぁ、エステルさんが大好きなんですよぉ」

カリーナの言葉を聞き、耳の奥がじんわりと熱くなった。マテウスがエステルに寄せてくれる思いの証がこの部屋なのだ。

「だから、味方になってくれるはずですぅ。お困りごとは陛下に素直に相談なさってくださいね」

「……ありがとうございます」

エステルは涙をこらえてうなずいた。味方はほとんどいなかった。ところが、今は国王であるマテウスが味方になってくれる。それに勇気づけられる思いだった。

「では、行きましょうか」

カリーナが外に出ることを促したため、エステルは共に廊下に出た。しんと静まり返ったそこで、カリーナはエステルの顔を覗いた。

「エステルさんは、お部屋に戻ってくださいね。陛下へのご報告は、わたしからしますから」

「え、でも……」

「そんなときめき最高潮のお顔を陛下にお見せしたら、陛下がお仕事にならなくなってしまいますぅ。ただでさえ、エステルさんがおそばにいたら、身が入らないご様子なんですからぁ」

カリーナは腰に手を当てて、首を横に振る。エステルは申し訳なくなり、瞼を伏せた。

「すみません」

「エステルさんが謝ることではありませんよぉ。悪いのは、陛下。極悪人なんですから」

「陛下は極悪人ではありません。よい方ですわ！」

　エステルは肩を怒らせるようにして言う。マテウスは、けがをしてエステルのところに担ぎこまれたときからエステルを気にかけてくれていた。

（……た、確かに強引なところもあるけれど……）

　エステルと無理やり身体を繋げるような真似をしたけれどもいい人なのだ。

「どうしたんですかぁ？」

「いえ、陛下はやはりよい方です！　そう思うのです！」

　自分に言い聞かせるように断言すれば、カリーナはきょとんとしたあと噴きだした。

「いやだ、エステルさん可愛い」

「なぜ、今ここでわたしが可愛いという言葉が飛びだすんですか？」

　理解できずに問うと、カリーナは悪びれない笑いをこぼした。

「だって、陛下が大好きだって丸だしですからぁ。でも、いいんですよぉ。いずれはエステルさんが陛下の妻になるでしょうから。いくら政略結婚といっても、お互い想いあっているほうが理想的ですよね？」

　カリーナは瞳をきらめかせながらエステルを見つめた。

「……わたしが妻に……」

　ルイーズを押しのけても許されるのだろうか。

　怖じ気づく気持ちもある。だが、マテウスが望んでくれるなら、決断をするべきではないか。

（……何も決めないのは、逃げることと同じ）

それは卑怯だとやっと気づいた。

「ここまできて、ごねるのはやめてくださいね？　妻になるかならないか……それはエステルさんの口から陛下に伝えてください」

カリーナが一転してまじめに説得してくる。エステルは神妙にうなずいた。

「……わかりました」

足を動かそうとしたら、カリーナがエステルの肩を摑んだ。

「お話しするのは夜にしてください。今陛下のところに行ったら、ベッドに連れ込まれちゃいますよ？　おふたりはそれでいいでしょうが、お仕事が滞るのは困るんですからぁ」

「あ、はい……」

首から耳の先まで熱い。そんな淫らな行いを昼間からする人間だと思われていたとは。

カリーナは収集部屋に鍵をかけてしまうと、エステルの腕を取った。

「では、途中までご一緒しましょう。陛下のどういうところがお好きか、道中聞かせてくださいませ」

「え、聞かせることは、そんなにありません」

「あらぁ、そんな言い方はなしで。陛下が泣いちゃいますう」

「で、では、カリーナさんからおっしゃってください。陛下のよいところを」

「ああん、そんなことでしたらぁ、指が十本じゃ足りなくなるくらい申し上げられますよぉ？」

カリーナは指を一本一本折りながらマテウスの美点を数えていく。

それに笑いを誘われながら、エステルは前向きな気持ちでカリーナと歩いた。


その夜。エステルは身支度を整えて、マテウスの執務室に向かった。

(何から話そう)

今日のうちに彼の顔を見て、話をしたかった。

(わたしの正体を告げて、そして……)

これからのことを話すのだ。エステルは口を引き結んだ。執務室に近づくと、不思議なことにいつもいる護衛がいなかった。

ふと周囲を見回せば、角から護衛を連れたマテウスがやってくるのが見えた。

「エステル！」

マテウスは足を速め、エステルの前に立つと手を握ってくる。目の下にうっすらと隈があるマテウスを目にしたら、彼は疲れているのではと心配になった。

「お疲れでは？」

「いや、疲れてはいない。カリーナに呼びだされた。色々と打ち合わせがあってな」

「……そうですか」

やはり、カリーナはマテウスの腹心のようだ。とすると、ジークとの関係を勘ぐったのは、エステルの早合点（はやがてん）だったのだろう。

「中で話をしよう」

「はい……」

エステルは彼に手を引かれ、部屋の中に入った。室内はしんとしており、なんとなく緊張が高まる。

マテウスに促されるまま寝室へと向かう。

ベッドにふたりで座り、エステルは彼を見つめた。

「陛下……あの刺繍は……」

「カリーナから聞いたが、あの部屋に入ったんだな。俺が集めたものだ。おまえの刺繍が、俺は大好きだから」

「そ、そうですか……」

「それに、おまえとの繋がりだと思っていた。情けないが、俺はおまえをすぐには迎えに行けなかった。ヴェルン王国で、俺は足場を早急に固めなければならなかったから」

しみじみとつぶやくマテウスを見つめる。常夜燈（じょうやとう）の灯りの下で見る彼は、憂いを捨てきれないようだった。

マテウスに手をとられ、エステルは改めて彼の手の大きさや温かさに胸がいっぱいになる。

（なんて言おう）

視線をうろうろさせれば、ベッドの対面の壁際に以前はなかったかなり大きな箱があることに気づいた。

（あれは何かしら）

上には布がかけられている。箱には金に塗られた金具が取り付けられており豪華だ。

（気にするのは……わたしが臆病になっているから？）

いつもないものがあるということにすらひどく戸惑ってしまうのは、とうとう真実をマテウスに告げるからだ。

「エステル」

マテウスに名を呼ばれ、彼を見つめる。

「おまえはミレッテ王国の王女なんだな？」

彼の問いかけを聞き、エステルはつい目を潤ませた。

母を思えば真実は隠すしかなかった。

マテウスのことを、そして両国のことを考えたら、父に認められない王女など和平の役には立たないと自覚するしかなかった。

しかし、もうここまでくれば、すべてを打ち明けて彼の力を借りるべきだと思えた。

「……はい。わたしはミレッテ王国の王女です」

万感の思いを込めて答えれば、彼がエステルを抱きしめてきた。

「やはりそうだったんだな。おまえがミレッテ王国の王女でよかった」

マテウスが安堵をにじませて言う。エステルは彼の背に腕を回し、涙をこらえて感謝を伝える。

「わたしのことを忘れずにいてくれて……ずっと覚えていてくれて、ありがとう」

「俺がおまえのことを忘れられるはずがない。あのとき言っただろう。エステルは運命の女だと」

「それは……」

「俺はおまえを必ず妻にするんだとあのとき決めた。俺の行動はすべてそのためのものだ」

マテウスがエステルから少し身体を離し、エステルの頬に触れた。

「俺はおまえだけが必要なんだ」

彼の青い瞳がエステルを映している。空のように美しい色に映る自分は、幸せそうな顔をしていた。

「……わたしも陛下が好きです。あの貧しい貴族の娘を求めてくれたときから」

マテウスの目がうれしげに細められた。

「そうか。俺たちは同じ想いを抱いているんだな」

マテウスがゆっくりと唇を重ねてくる。重ねるだけのくちづけはすぐに終わり、彼はすかさず舌を差し入れてきた。

「う……んんっ……」

息が重なり、荒々しい雄の匂いに包まれる。

舌と舌を絡ませ合い、互いに舐め合うくちづけを交わせば、欲望の火がたちまち大きくなる。

舌先をこすりあわせたり、根元まで舐めてみたり、淫靡な戯れにふけってしまう。

マテウスは名残惜しげにエステルの唇を解放し、服越しに胸を揉んできた。厚めのお仕着せであっても、彼の大きな手に乳房をもてあそばれれば、悩ましげな息がこぼれてしまう。

「……エステル。おまえを抱きたい」

「だ、だめです。話を……たくさん話をしたいことが……」

母のこと、これからのこと。相談したいことが山積みだ。

「話はおまえを抱いてからにしよう。おまえと結婚できるということは、すぐにでも孕ませられるということだからな」

「は、孕むことなんてできません……！」

エステルは彼から離れようとしたが、抱きすくめられてできなくなる。

「おまえが結婚しないと言いださないように、懐妊させたい」

「……も、もう、そんなことは言いません。だから、話を――」

「まずは事を済ませてからにしよう。そのほうが俺も冷静になれる」

マテウスは餓(う)えた獣(けもの)を思わせる性急さでエステルの襟もとのボタンをはずそうとして、ふと手を止めた。

まじまじと顔を覗いてくるから、エステルは首を傾げる。

「な、なんですか？」

「せっかくだから、自分で脱いでもらおうか」

「自分でですか？」

エステルは頬を朱に染めた。自分で服を脱ぐなんて、そんな破廉恥(はれんち)なことはできない。

「……無理です」

「無理じゃないだろう。俺は何回もエステルの裸を見たぞ」

「そうですけど……！」

マテウスの指摘どおり、エステルは彼の目に何度も裸体をさらした。裸体どころか恥ずかしい部分まであらわにしているのだ。

「できません。恥ずかしすぎて……！」

「できないできないと言ってばかりでは、未来が開けないと俺は思う」

真顔の意見表明に、エステルは喉を鳴らした。確かに、そうかもしれない。

（わたしは、ずっと縮こまっていた……）

自分には何もできないのだと思いこみ、不幸という名の椅子に座ったままだった。

（それでは、だめなのだわ）

幸せを得るためには、思い切った行動に出なくてはいけないのだ。

「わかりました」

エステルは立ち上がり、彼と向き合うと、自分の襟もとのボタンをはずしだした。ひとつひとつはずしていくたびに、奇妙な解放感がある。

（そうよ、思い切った行動が必要なのよ）

怯えてばかりいるから、心に付け入れられる。エステルがもっと強かったら、きっとルイーズとも戦えただろうに。

ボタンをすべてはずして、エプロンドレスを肩から落としてしまう。コルセットとドロワーズだけの姿になったが、彼は青い瞳に満足そうな色を浮かべながらも、さらなる命令を下してきた。

「それも脱いでくれ」

要求を聞き、正直、怯む心があった。だが、それを抑えてコルセットを脱ぎ、ドロワーズも脱ぎ去ってしまう。

生まれたままの姿をさらして、エステルは全身を朱に染めながら彼を見つめた。

「……どうですか？」

「むろん、おおいに満足だ」

マテウスはクラバットをはずし、シャツを脱ぎ捨てる。あらわになった肌はなめらかで、上質な布地を思わせる。

彼はエステルの腰を抱くと、再びベッドに座らせた。それから背後に陣取り、双乳を揉みだす。やわらかな乳房が縦横に揉まれて、張りを増していく。

「あっ……ああ……」

「エステルの胸は本当に揉み甲斐があるな。弾力があって、重みもある」

「そんなことは……」

乳房の重みをはかるように下から持ち上げられ、乳暈から乳首をひねりだしつつ指先でこねまわされる。その上、彼はうなじにくちづけを落としてきた。髪の生え際から首根まで唇を這わせ、さらに肩に動く。肩口を甘噛みされながら双乳を揉みしだかれて、喉から

甘い吐息が漏れた。

「あ……あ……」

「いい声だな。もっと可愛がりたくなる」

マテウスは、こんどは頬にくちづけてから、首筋を舌先でなぞってきた。焦らすような愛撫に下腹の奥がじゅんと熱くなる。

気持ちよくなることを知っている肉体は、率直な触れあいを求めている。

(なんていやらしい身体になったのかしら)

エステルは彼の手の動きに欲望を煽られている。もっと敏感な部分に触れられたがっていた。

マテウスはエステルの願望などすっかり知っているように、右手を乳房から腰に這わせた。左手は胸を揉みしだきながら、右手はへその孔をくすぐり、恥丘に円を描きだす。下生えを梳きながら、素知らぬふうにたずねてくる。

「エステル、どこに触れてほしい?」

彼はエステルの脚を広げさせて狭間の際まで指を伸ばすが、肝心なところにさわってくれない。あからさまに焦らしながら、耳に欲求を吹き込む。

「お願いしてみてくれ。どこがいいか」

「それは……」

エステルは唇を噛んだ。むろん触れてほしいのは、子を孕むところだ。しかし、口に出してねだるのは、さすがに恥ずかしすぎる。

「さ、言ってくれ。おまえの許しがないと、触れられない」

今まで散々、好き放題にさわってきたくせに、そんなことを言う。エステルは迷った。恥ずかしいというこの気持ちを察してほしい。

（でも、それではだめ）

強くならねばならないのだ。ルイーズを退けて彼の妻になりたいと望むなら、自分の願いはきちんと口に出さねばならない。

呼吸を整え、勇気を奮って彼に告げる。

「……わたしの……いやらしいところを、さわってください」

言ったあとで、猛烈に身体が熱くなった。覚悟をしたとはいえ、なんと恥知らずな発言なのだろう。

だが、マテウスはそれを咎めたりはしない。むしろうれしそうにエステルの秘処に指をすべらせた。

「もちろんだ。俺こそおまえを乱れさせたい」

マテウスは慎ましく閉ざされた花びらを指で割り、触れられる感覚に慣らすように狭間を何度か往復させる。指の腹を押しつけるようなやさしい触れ方に、肩を震わせる。

「ああ……あっ……」

「ここに触れていると、俺も昂ぶってくるな」

マテウスが背後から股間を押しつけてくる。腰に当たるのは、硬直しきった男根だ。鋼の剣のように硬度を増したそれに、エステルの腹の奥が熱くなる。

(……マテウスもわたしを欲してくれている)

そのことに無性に安心する。自分だけの片恋ではなく、互いに欲望を寄せあう仲だという事実が、エステルを満足させるのだ。

マテウスは蜜孔をくすぐりだした。小さな花弁を揺すり、指の先端を入れてみたりする。

「ん……んんっ……ううん……」

蜜がじんわりとにじみ、彼の指を濡らす。それを受けて、マテウスは指をするりと動かした。陰核に届いた指先が薄皮を剝きだす。快感を生む淫らな宝石に直に触れられ、エステルはこみ上げてくる愉悦に甘い吐息を漏らした。

「あ……いい……」

マテウスの指が、種の芽吹きを促すように女芯をやさしく転がす。

つんと尖ったそこはマテウスの指を押し返して、膨らむ欲望を主張する。

「ん……んう……ううっ……」

指先で陰核をつまみだされ、快感に腰が揺れてしまう。指先で転がされ、ひねられて、気持ちのよさに股間が自然と緩んでしまった。

「は……だめ……だめ……」

腹の奥が熱く煮えたぎろうとしていた。エステルの悲鳴を聞き、マテウスは愛撫をやめるどころか、左手でエステルの顫を捕らえ、顔を横に向けさせた。

唇に触れるくちづけをしたあと、欲情に濡れたまなざしでエステルを捕らえる。

「エステル、舌を出せ」

淫らな命令だが、快楽を欲しているエステルは素直に舌を出す。

舌先をつつきあわせ、触れあわせる淫猥な振る舞いである。女芯を回されながら舌先で互いに舐め合えば、蜜洞が怪しく蠢く。

「は……はぁ……」

こぼれた蜜をすくった指がさらに陰核をこする。激しく揺すられて、腹の奥に急速に熱がたまっていく。

「ひ……ひぃっ……」

快感が加速度的に膨れ上がり、腰が自然と揺れてしまう。左手が乳房を摑んで揉みだした。性感帯を同時に愛撫され、膨れた熱がとうとう弾けてしまう。

「は……はぁっ……あぁっ……」

蜜がどっとあふれ、官能の波が背を駆け上って、脳天を貫く。マテウスのたくましい胸によりかかり、エステルは甘美な余韻を味わった。

脱力して彼にもたれ、快感の残り香に身をゆだねていると、彼がエステルの足をベッドに引き上げた。股を大きく開く体勢にされて、羞恥に顔を赤くする。対面に人がいたら、エステルのぱっくりと開いた股間が丸見えだろう。

「へ、陛下……」

「おまえを孕ませる準備をしないとな」

マテウスがそう言って、蜜孔に指を這わせる。潤ったそこは、彼の人差し指をたちまち第二関節まで呑み込んだ。

「はぁっ……」

蜜孔を何度かかきまわされ、内股を震わせる。浅ましいと思っても、気持ちのよさは否定できない。

「はぁ……はぁ……ああっ……」

「もう指くらいなら、難なく咥えるな」

指を根元まで含まされたが、苦痛はまったくなかった。蜜襞をかきまわされて、愉悦がこみ上げる。

「いい……いいです……」

「指をもっと増やしてみようか。どこまで俺の指を食べてくれるかな」

マテウスは中指と薬指を濡れた孔に押し当てて入れてくる。三本の指を軽々と咥えた蜜洞の内部を攪拌されるや、快感がさらに深まった。特に恥丘の裏の張りだしたところをこすられれば、乳房を揺らして感じ入ってしまう。

「あ……すごい……いい……」

「中がとろとろでやわらかくてたまらないな。早く俺を沈めてしまいたい」

マテウスは耳孔に欲望を吹き込み、下の孔に指を出し入れしだした。水音をわざと大きく鳴らされ、エステルは肉体の愉悦に酔いしれる。

「いい……陛下……気持ちいいの……」

「そうだろうな。中がひくついている。もう俺自身を挿れてしまいたいくらいだ」

その言葉にめまいを覚えた。硬く張りつめた男の剣が内側をこすっていく感覚を思い出せば、快感の坩堝が溶けかける。

「エステル。自分の口でねだってくれ。どうしてほしいか」

マテウスの要求はさらに大胆になった。エステルは唇を噛んだが、彼の指に下肢の深奥をかきまわされると、欲求が高まる。

(わたしの中を埋めてほしい……)

彼の剛直が自分を貫く瞬間を思い起こせば、当然胸が高まる。彼の言うとおりにするべきだ。

（願いがあったら自分から動かなければ）

エステルは喉を何度か鳴らして、彼に告げる。

「……挿れてください。わたしの中にきて」

かすれた懇願を聞いたマテウスは、指を抜くや脚衣を素早く下ろした。脚を広げて背後からエステルを抱え、蜜孔に勃ちきった男根の先端を押し入れる。剣の先に似た形のそこは、濡れた蜜孔に潜るとすぐに、ずぶりと半ばまで沈んだ。

「ひっ……ああっ……あああっ……」

股をみっともないほど大きく広げ、深まる挿入を受け入れる。彼の肉棒は鋼のように硬く、エステルの内部を切り裂いていく。

「は……はぁっ……はぁあっ……」

初めてのような苦痛を、もうまったく感じなかった。肉襞を押し開かれていくたびに、背筋を戦慄に似た愉悦が駆け上がる。

「ああっ……いい……気持ちいい……」

彼が侵入するたびに内襞がうねり、彼にまとわりつく。マテウスが熱い息を漏らした。

「いいな、エステル。最高だ」

ぬぐぬぐと内部を容赦なく割られ、根元まで呑み込まされる。入り口から奥まで彼の大きさに広がった肉洞が官能を生んで、エステルは背を反らした。

「あ……いや……ああ……いいっ……」

「動くぞ」

マテウスは下から突き上げだす。腰を引き、最奥を突いたと思いきや、また腰を引く。力強い抽挿の繰り返しに翻弄され、エステルは歓喜の声をあげた。

「ひ……ひぁっ……あああっ……気持ちいいっ……」

赤裸々な感想をつい口に出した。彼の抜き差しはエステルの理性をたやすくとろかしてしまう。

「……ここもついでに可愛がってやろうか」

マテウスが前に伸ばした手で、陰核をこすった。彼を咥えたままで官能の粒を転がされ、いきなり絶頂に追い立てられる。

「――――!」

我知らず忘我のときにたゆたったが、すぐに現実に引き戻される。蜜洞を掘り尽くされ、女芯をこすられて、絶え間なく続く甘美な拷問に、エステルは顔をしかめた。

「だめ……だめ……そんなにいっぱいしちゃ……ついて……いけない……」

「ああ、いいんだな。もっとしてやる」

彼はエステルと結合したままベッドに倒れた。彼のたくましい肉体の上に横たえられて、膨張しきった男根を出し入れされれば、内部の張りだした部分がこすられて、深い部分をとろかす官能に肉体が酔いしれる。

「あ……あっ……そこ……だめ……」

「だめじゃなくて、いい、だな。もっと感じるんだ。俺なしの人生など考えられないように」

「ひ……ああっ……あああっ……」

マテウスは悠々と奥を突いて、エステルを追いつめる。陰核をはじく指、乳首をひねる手、どの動きもエステルを容赦なく攻撃し、逃げ場をなくす。

「は……はぁっ……ああ……達くの……達くっ……」

すべてから解放されるひとときが訪れようとしていた。快楽の奔流に押し流されて、エステルは全身を震わせながら法悦のときを迎える。

細やかに痙攣（けいれん）する肉洞を何度か突いたマテウスが最奥へ先端を差し入れて精を吐く。熱いしぶきを慈雨（じう）のように浴びせられ、エステルは甘い息をこぼした。快楽を味わい尽くした心地のよい疲労に酔いしれれば、彼が男根を抜いてから、エステルをベッドに下ろしてのしかかってきた。

「エステル、俺の妻になるんだ。いいな」

エステルの手をとり、指先にくちづける。エステルは彼の目を見つめた。

（離れたくない……）

マテウスだったら、エステルに力を貸してくれる。彼の助けが得られれば、母を救い、父から許しを得られるかもしれない。

（マテウスが共にいたいと望んでくれるのだもの。わたしも彼を助けたい）

これからもずっとマテウスと一緒にいたいのだ。

「……はい。わたしはあなたの妻になります」

エステルの返答に、マテウスは顔を輝かせた。

「そうか。俺はおまえの答えがうれしい。ミレッテ王国の土地を得るよりも、おまえを手に入れることのほうが何倍もうれしいんだ」

マテウスの言葉に、エステルは瞼を伏せた。

今までは、母や自分のことで必死だった。しかし、彼の妻になるなら、ミレッテ王国のためにも役に立たないといけない。

「……もうミレッテ王国とは戦をしないでくださいますか？」

故国を踏みつぶされるのは嫌だと思った。犠牲を出したくない。

「ああ。おまえに誓う」

「陛下、ありがとうございます」

「名を呼んでほしい。そのほうが俺は好きだ」

エステルは小さくうなずく。

「マテウス、わたしはあなたを愛しています」

「俺もだ」

ふたりは額をくっつけ合い、抱きしめ合って愛を伝える。

(……お母さまのことを庇護してほしいとお願いしなくては)

さっき言えなかったことをきちんと口にしなければならない。

「陛下、母の──」

言いかけた言葉はくちづけでふさがれる。舌を追われて、息すら奪われてしまう。

「んんっ……」

大切な話なのに、と続けようとするが、下肢を組み合わされたかと思った途端、マテウスは男根を差し入れてきた。先ほどエステルを懊悩させたばかりのそれは、またもや太さと硬さを取り戻してエステルを攻め立てだした。

「ひ……ひぁっ……」

憚(はばか)りのない悲鳴をあげるエステルは、対面に置いていた箱がカタリと揺れたことなど気づきもしなかった。

数日の間、エステルの周囲は平和だった。マテウスの世話を焼き、街に出ては工房に立ち寄って刺繍を教える。母の庇護をマテウスに頼んだら、すでに用意を進めていると力強い言葉をもらいもした。

だが、いつまでも続いてほしいという時間は唐突に途切れた。ルイーズに呼びだされたことが、停滞を打ち破ったのだ。

「よくもわたしに恥をかかせたわね！」

客館の応接室に入るなりエステルに投げつけられたのは、水晶の女神像だった。あわてて一歩避けたが、身体に当たれば打ち身では済まなかったかもしれない。

「この屑（くず）！　わたしの未来の夫を寝取るなんて、よくもやってくれるじゃないの！」

ルイーズが近づいてきて、エステルの左頬を打つ。

力まかせの一撃は、辺りの音が一瞬消えるほど強烈だった。立て続けに右の頬を左手で打とうとしてくるから、エステルはとっさに彼女の腕を掴んだ。

「ル、ルイーズ、落ち着いて！」

「落ち着いてですって！　どの面下げてそんなことが言えるのよ！」

ルイーズは鬼気迫る形相をしている。射殺したいと言わんばかりの視線を受けて、エステルは奥歯を噛みしめた。

（すべてを知られたんだわ）

責められて仕方のない立場だった。客観的に見れば、エステルは他人の婚約者を盗んだ悪女である。

（でも、わたしのほうが先に知り合ったのよ）

頭の中にかあっと怒りが燃え上がった。今まで、エステルは奪われてばかりだった。王女としての居場所、母の心の平穏、誇りも名誉も奪われてきた。

（もう、それに甘んじたりはしない）

取り戻すのだ。王女として――いや、人間として必要なものを手に入れなければならない。

「陛下が……マテウスが愛しているのは、わたしよ」

エステルはめいっぱいルイーズを睨んだ。

「あなたじゃないわ」

ルイーズが頬を引きつらせた。それから動物のような奇声を発してエステルにぶつかってくる。体重をかけて突撃され、エステルはたまらず倒された。

ルイーズはエステルの上にまたがり、両頬を交互にひっぱたいてくる。

口の中が切れ、鉄の味が広がった。むろん、ルイーズはそんなことなどかまわず、力まかせの一撃を頬に与え続ける。

「よくも……よくも、わたしを侮辱（ぶじょく）したわね！　おまえの母親と生きて会えると思うんじゃないわよ！　わたしはね、もう使者を出したのよ！　おまえの母親を殺せって書いた手紙をお父さまに出したわ！　おまえの母親は、娘のせいで死ぬのよ！　いい気味ね！」

　エステルは目を見開いた。

「責めるなら、わたしを責めればいいでしょう！　お母さまは関係ない！」

「関係あるわよ。おまえみたいな卑しい女を産んだ責任をとってもらわないといけないもの！」

　エステルが一瞬言葉を失った隙に、ルイーズは力いっぱい頬を張りとばしてきた。耳がふさがれたようにしばらく何も聞こえなくなる。

「おまえみたいな恥知らず、死ねばいいんだわ！」

　ルイーズの手をエステルは懸命に摑んだ。

「何をするのよ、この愚か者！」

「……ルイーズ、わたしは何もかもあなたたちに奪われて、それでも耐えてきた。でも、もう耐えたりはしない。あなたたちと戦う。戦って、わたしの誇りを守るわ」

　姉妹ふたりで力勝負をしていたら、複数の足音が外から聞こえてきた。

　やってきたのは、マテウスとゾフィーだ。マテウスは押し倒されたエステルを見るや、眦を吊り上げた。

「エステル！」

　マテウスはエステルたちに近づき、ルイーズを抱えて放り捨てた。それからエステルのそばに片膝をついて抱き起こす。

「エステル、大丈夫か？」

「……陛下、わたしは大丈夫です」

「どこが大丈夫だ。口の中を切っただろう。血が出てるぞ」

マテウスは指先でエステルの血を拭い、眉をひそめた。

「痛かっただろう」

「大丈夫ですから」

「大丈夫じゃない」

そう言ったあと、ルイーズを冷たく睨んだ。

「エステルに――ミレッテ王国の正統な王女に暴力を振るった。この行動を見ても、おまえはヴェルン王国の王妃にはふさわしくないと断じる」

ルイーズは横座りのまま愕然(がくぜん)とした顔をした。こんなに厳しい言葉を他人から浴びせられたことなど今までなかったからだろう。

「……ミレッテ王国との和平など望まないとおっしゃるの？」

ルイーズの指摘をマテウスは鼻で笑って退けた。

「おまえがいなくても、エステルがいればいい。俺にとってはエステルだけがミレッテ王国の王女だ」

マテウスはルイーズの言葉を残酷に斬り捨てて、エステルを横抱きにして立ち上がった。

「ルイーズ、おまえは国に帰れ。フリオネ伯には国書を持って帰らせよう。ヴェルン王国の王妃になるのはエステルだ。おまえの国がそれを望まないなら、俺はいくらでも戦に打って出る」

マテウスが背を向けてしまったから、ルイーズの顔を見ることができない。しかし、彼女は地を這うような低い声を発した。

「……いつまでそんな強気でいられるかしら」

呪いのようなつぶやきに、エステルは肩をこわばらせた。

「覚えておかれるとよろしいわ、陛下。わたしこそミレッテ王国の王女。それを証明してやるから」

マテウスは不快そうな顔をしてから、外に出る。客館から離れたところで、エステルはマテウスの胸にしがみついた。

「陛下、こんなお願いをするのは申し訳ないと思っています。でも、陛下しか頼れる方がいません。母を助けてください！　ルイーズがお母さまを殺せという手紙を送ったというのです！」

「その件は大丈夫だ。ゾフィーがミレッテ王国に手の者を残している」

ゾフィーが不敵に微笑んだ。

「どうぞご安心くださいませ。フロランス王妃の警護の兵に、こちらの息のかかった者を忍ばせております。隙を見て、王妃さまは離宮からヴェルン王国側に移っていただくように手配をいたしましたので、間もなく知らせがくるでしょう」

「よくやった。おまえを行かせた甲斐があった」

ゾフィーが恭しく礼をする。

「ゾフィー？」

「ミレッテ王国にゾフィーを送るにあたり、俺は役目を与えておいた。エステルを婚礼の供の中に加えること、ルイーズがやりすぎないように見張ること、エステルがいなくなったあとに王妃を守り、そして移送させられる者を残しておくこと。ゾフィーはやり遂げたようだな」

「過分なお言葉ですわ。ルイーズ王女を制止することはなかなかできませんでしたので」

「手綱を締めすぎたら、ルイーズに味方だと思ってもらえない。ゾフィー、おまえも苦労したな」

顔を伏せて控えめにしているゾフィーに、エステルは心から感謝した。

「ゾフィー、ありがとう。陛下も……ありがとうございます」

母が無事であれば、心配することは何もないと胸を撫で下ろす。

「俺はおまえが心配だ。頬をひどく打たれただろう。冷やさないと腫れてしまうぞ」

眉を寄せるマテウスに向け、エステルは痛む頬になんとか微笑みを浮かべた。

「大丈夫です。たいしたことはありません」

「大丈夫じゃない。とにかくすぐに冷やそう」

マテウスはエステルを横抱きにしているのに、まったくそれを感じさせない軽やかな足取りで宮殿へと向かう。彼の腕の中で、エステルは思案した。

(あれでルイーズがおとなしく引き下がるはずがないわ)

確信に近い考えがあった。

(何も起きなければいいけれど……)

エステルは手を握りあわせて祈った。


それから十五日ほど経った。初夏に入ったヴェルン王国は、ライラックから薔薇の季節に突入している。

中庭に植えられた薔薇は六分咲きといったところだろうか。薔薇の淡い香りを嗅ぎつつ、エステルは開きかけた花を摘んでいく。

そうしながら、ため息がこぼれた。

(あれから、マテウスとフリオネ伯が話し合っているそうだけれど……)

当初、ミレッテ王国側は、マテウスの違約を責めたという。ミレッテ王国はマテウスが『王女を花嫁として送れ』と命じたとき、ルイーズを送ることで同意したからには、ルイーズを娶るのが筋だと主張したらしい。ところが、マテウスはそれに真っ向から反論した。

ルイーズはロベールの愛人の娘であり、王女という尊称をつけて呼ばれる身分ではない。神が認めた結婚で生まれた娘こそミレッテ王国の王女であり、それはエステルに他ならない。ならば、エステルを妻にするのは理にかなっているというのである。

正論で反撃されて、ミレッテ王国側も弱り果てたのか、日に何度も訪問してきたフリオネ伯が、ぴたりと姿をあらわさなくなったという。

（このまま決まるのかしら）

正直、ミレッテ王国側から認められないのだとしたら、それはそれで不安があった。祖国から認められない花嫁を政略結婚の相手にしても、マテウスが損をするのではないかと心配だったからだ。

「エステルさん、薔薇は摘み終わったんですか？」

侍女が心配したのか、廊下から中庭に出てきた。

「ごめんなさい、もうすぐ終わります」

侍女たちにはエステルの正体を伝えていない。正式に決まるまでは待ってほしいとエステルも頼んでいた。

手持ちの籠に何本か薔薇を入れて廊下に戻る。つい考えごとをしていたために、仕事が遅くなってしまった。

(いけないいわ、わたしはまだ侍女なのだから)

まかされた仕事はしっかりとこなさなければならない。

「次の仕事があるのでしょう?」

「いえ、そうではなくて、陛下がお呼びなのです」

侍女の答えに目を丸くした。

「陛下が?」

「はい。薔薇はわたくしが預かります」

そう言われて、エステルは彼女に薔薇の入った籠を手渡した。

「では、ホールの花瓶に飾っておいてください」

「かしこまりました」

侍女を置いて、エステルは足早に執務室に向かう。

(何かあったのかしら)

ミレッテ王国から無理難題でも言われたのだろうか。

エステルがあわてて執務室に飛び込めば、マテウスとレオナルトが何事かを話し合っていた。

　息を切らすエステルに、ふたりが驚いた顔をした。

「どうした、そんなに急いで」

「ご用と聞いて……」

「ああ、頼みがあるんだ。明日、中央教会に、おまえがこしらえたシュミーズとワンピースを届けてほしい」

　中央教会は、都の中心に位置し、各地にある教会を取り仕切る権威ある教会だ。

「……わたしはこちらへ来てからは、教会用の服は縫っていませんが」

「それは大丈夫だ。俺がこれまでに収集したおまえの衣装の中から選んで持って行ってくれ」

「そうですか。では承ります」

　何か大きな問題が起こったのかと焦る気持ちや不安があったが、どうやら用を頼まれるだけらしい。いったん胸を撫で下ろす。

「ああ。その……間もなく夏の祭りがある。そのとき、夏の女神と冬の神が戦う寸劇があるんだ。そのときにおまえが作った衣装を女神に着てもらおうと思って」

「……そんな名誉な役目をわたしが作った服に与えてくださるんですか？」

　感激を抑えきれなかった。自分の刺繍が役に立つのだとうれしかった。

「ああ。おまえは俺の王妃になる。だから、大切な仕事をまかせたい」

マテウスの真摯なまなざしに、エステルはうなずいた。

「その仕事、お引き受けします。ありがとうございます」

「教会に奉納に行くときは、カリーナを連れて行ってくれ」

「カリーナさんをですか？」

むろん否やはないが、カリーナを直接指名することにほんの少し引っかかりを覚えた。

「服を誰に預けたらいいのか、カリーナが知っている。だからあいつを同行させる」

「わかりました。確かに、わたしは教会の担当者を存じませんから。カリーナさんが手伝ってくださるなら、助かります」

エステルの返事に、マテウスが静かにうなずいた。

「では、衣装はおまえが選んでくれ。カリーナもすぐに行かせる」

彼が鍵を差しだす。エステルはそれを受け取り、ドレスの隠しに大切にしまった。

「早速準備をいたします。では、失礼します」

エステルは礼をしてから退室する。

その足で向かったのは、衣装の収蔵部屋である。

（どれを選ぼうかしら）

気分が浮き立ち、足取りも軽くなる。

エステルはドレスの収蔵部屋の前に立ち、鍵穴に鍵を入れて回す。中に入れば、エステルが仕立てたドレスが壁一面に吊るしてあった。

「どれにしようかしら」

夏の女神の服を選ばねばならない。

エステルはそれぞれのシュミーズの前に立って眺める。

白いシュミーズに青や水色の糸で幾何学模様を縫い取ったものは、さっぱりとしていいように思える。

「ワンピースはどれがいいかしら？」

紫のワンピースに、野に咲く小花を浮き上がらせた一着。自分でも気に入っていた。

ワンピースの裾を手に、エステルは微笑んだ。

「これなんかよさそう」

せっかくだから、もっと刺繍を増やしたい。

考えていたら、背後で扉が開く音がした。振り返れば、カリーナがいて手を振っている。

「カリーナさん」

「エステルさぁん、わたしもお手伝いさせていただきますぅ」

相変わらずかすれた低音、媚びを含んだまなざし。

でも、目の奥は笑っていなくて、カリーナは不思議な女だった。

「カリーナさん。お手伝いしていただけると聞きました」

「はーい、お手伝いいたしますよぉ。そのワンピースになさるんですかぁ？」

「はい、そうしようかなと思って」

「いいと思いますよぉ。可愛らしい」

近寄って来たカリーナはワンピースを眺めながらうなずいた。

そんな彼女に、つい衣装の手直しについて語ってしまう。

「刺繍を足そうと思うんです。金や銀の糸で華やかさを加えたくて」

「糸でしたら、ありますよぉ。それにしても、まだ刺繍を足されるんですか？」

「せっかくですから、文句なくきれいにしたいんです。それに、これを作ったときよりは今のほうがうまくなったと思いますし」

自信を覗かせながら答えれば、カリーナが口角を持ち上げて微笑んだ。

「なるほど。エステルさんはまじめですねぇ。やっぱり、そういう方が陛下のそばにいたほうが安心かも」

カリーナは頬に手を当てて、寂しそうな顔をした。

「わたしではだめなんですよねぇ。悲しい……」

「カリーナさん……」

エステルがマテウスと結婚するなら、カリーナは彼をあきらめることになる。

カリーナの口ぶりでは、マテウスに対して主人と侍女という職務関係以上の感情を抱いているようだから、きっとつらいだろう。

エステルは思わずカリーナの腕を掴んだ。彼女の腕はがっしりとしていて、力強い。

「エステルさん、明日着る服を選んでもいいですかぁ？　わたしもエステルさんが刺繍をした服を着てみたいんですぅ」

「ええ、どうぞ」

エステルはうなずいた。カリーナは跳ねるようにして歩き、気に入ったらしい衣装を壁からはずす。

「これ、似合うでしょうか」

カリーナは自分の身体にシュミーズを合わせた。生成り色のシュミーズに黒のワンピース。

襟ぐりが大きく開いたワンピースには、向日葵が刺繍されている。

「懐かしいわ」

離宮では向日葵を見ることがなかった。周囲に咲かない花だったのだ。

だから、王宮で見た向日葵を思い出しながら下絵を描き、刺繍した。

「刺繍につたないところがありますね。それも糸を足します」

「まあ、エステルさんったら、仕事熱心」

「カリーナさんにきれいな衣装を着せたいんです」

エステルの返答に、カリーナは目を丸くしたあと、寂しそうに微笑んだ。

「エステルさんったら、おやさしい」

「当たり前のことです」

「……エステルさんの心には一点の曇りもない。陛下の愛を一心に受けるのも当然ですわぁ」

「そ、そうですか？」

「エステルさんを見て納得しました。わたしの想いなんて、陛下に届くはずがありません……」

向日葵をなぞりながら、悩ましげな息を吐いた。

「悲しい……。でも、あきらめるのよ、カリーナ。陛下の心はわたしのものにはならないのだから」

「カリーナさん……」

ワンピースを胸に抱くカリーナの隣にエステルは並ぶ。ためらった挙句、彼女の肩をそっと抱いた。

「……カリーナさん」

「エステルさん、明日は陛下に託された役目をしっかり果たしましょうね」

「はい」
エステルがうなずけば、カリーナはにっこりと微笑む。
（……そんなに大変なこととも思えないけれど）
衣装を届けるだけだ。それ以外に何かあるのだろうか。
小首を傾げるエステルに、カリーナは意味深な笑みをたたえたままだった。
翌日、エステルはお仕着せを着て準備を整えた。
（カリーナさんはこれでいいと言っていたけれど、本当かしら）
紺色のエプロンドレス。これで教会に入ってもいいものか。
（まあ、侍女だから、これでいいのよね）
侍女の正装と言えなくもない――のかもしれない。
エステルが身支度を整えてホールに出れば、カリーナがいた。
彼女はエステルが昨晩刺繍を足したシュミーズとワンピースを着ている。
（……服がきちきちだわ）
肩が弾けそうだし、腰回りもパッツパッツである。
「どうです、エステルさん」

「……に、似合います」

「嘘言っちゃだめです。身体に合ってないって思っていらっしゃるでしょう?」

カリーナに指さされ、エステルはついうなずいた。

「はい。ちょっと小さいですね」

「ちょっとどころか、息が詰まっておりますぅ」

カリーナは真顔である。

「大きめに仕立てたものなのですが」

「でも、腰回りが弾けそうだし、肩はギリギリですし。まぁ、仕方ないですねぇ。わたしの体格がよいのが悪いんですぅ」

「……そうですね」

確かに、カリーナは女性にしては骨格がしっかりしている気がする。

「すみません、手直しできればよかったのですが」

「いえいえ、かまいませんよぉ。仕方ありませんから、今日はこれでいきましょう」

ホールから出れば、馬車が停まっていた。ふたりが馬車に乗ったとき、侍女がやってきて銀のトレイを差しだした。トレイには、教会に預けるシュミーズとワンピースがのせられている。

「お気をつけて」

「はぁい。がんばってまいりますぅ」

侍女の言葉に、カリーナが愛想よく笑って手を振る。

馬車が走りだせば、カリーナはエステルに顔を向け、にっこりと笑った。

「エステルさん、緊張してるみたい」

「はい。奉納させていただけるのがありがたくて」

「えー、おつかいに出されただけですよ？　ありがたくもなんともないですぅ」

カリーナの放言に、エステルは頬を引きつらせた。

「陛下にいただいた役目ですから」

「まじめですね、エステルさん。そういうところが陛下の心を癒やすんでしょうねぇ」

カリーナは悲しげに瞼を伏せたあと、エステルが膝にのせていたトレイを奪った。

「カリーナさん？」

「教会に衣装を捧げるのは、わたしにやらせてくださいな」

「え？」

エステルが依頼されたことなので、彼女にまかせるのはなんだか悪い。

「お願いですぅ。陛下に大切な仕事を頼まれた――そんな気分を味わいたいんですぅ」

カリーナが小首を傾げた。

「エステルさん、お願い」

甘えたような声に、エステルはうなずいた。

「わかりました。おまかせします」

カリーナはマテウスが好きなのだろう。しかし、想いは通じない。そのため、エステルと交代し、名誉を味わいたいのかもしれない。

「ありがとうございます、エステルさん。やっぱりやさしい」

「褒めていただくことではないですから」

馬車の外を見れば、都の人々の生活の様子が目に入る。

ウインナーを吊るして売っている肉屋や、はしりの杏にさくらんぼを売る果物屋、パンを売る店は人の出入りが激しい。

「平和っていいですよねぇ」

カリーナがしみじみと言う。

「そうですね」

「陛下は平和を守ろうとする方ですよぉ。エステルさん、陛下を助けてくださいね」

カリーナの真情のこもった声に、エステルはうなずいた。

「はい」

「よかった。これでわたしも安心できますぅ」

カリーナの笑顔がなんだか寂しげで、エステルは彼女から目が離せなくなる。

「さぁ、もうすぐ到着しますよぉ。手順を簡単にご説明すると、わたしと一緒に教会に入って聖職者に衣装を引き渡します。聖職者がお祈りを捧げてくださる間、わたしたちもお祈りします。それから、陛下へお届けする聖画をいただきますぅ。聖画が証明になるんですよぉ」

「わかりました」

聞いてみれば単純な仕事だ。エステルは安心してうなずく。

馬車の進みがゆっくりになり、車輪が止まる。おそらく教会の前の広場に停まったのだろう。

降りようと腰を浮かせかけたが、カリーナがトレイの衣装の下からベールを取りだした。金糸で花が刺繍されたベールは、細いレースで縁取られている。

「さ、教会に入りますから、これを頭にかぶってください」

「わかりました」

エステルはベールをかぶり、同じようにするカリーナを見つめる。

「では、先に出ます」

エステルは扉を開け、御者が用意した踏み台を使って降りた。

それから振り返り、カリーナが差しだした衣装のトレイを受け取る。カリーナが馬車を降りたら、再びトレイを渡した。

歩きだしたカリーナに続いて教会に向けて歩く。

広場の奥に建つ教会は石造りで、尖塔が天を貫きそうに高く伸びている。聖人の像が教会の随所を飾り、威厳に満ちている。

緊張しながら教会に入った。

教会内は甘い香が焚かれていた。

前面には金の祭壇があり、壁には様々な色を組み合わせて聖書の一場面を描いたステンドグラスがいくつも嵌め込まれている。

中央の通路を挟んで両側に長い座席がいくつも並び、いったい何人座れるのか見当もつかない。

教会の端の通路にはステンドグラスを通った色のついた光が落ち、教会内は荘厳で華やかな空気が漂っていた。

（あら？）

中央の通路を進みながら、エステルは内心で首を傾げた。

カリーナから聞いた手順と違い、教会内には聖職者の姿がなかった。誰かが迎えに出てくるべきなのに。

「カリーナさん、あの――」

違和感を相談しようとしたら、教会の入り口から複数の足音がした。剣呑な気配をにじませた音にあわてて振り返れば、フリオネ伯がいた。

フリオネ伯は複数の男を従えている。男たちは剣を手にしており、エステルは仰天した。

「エステル殿下！　ヴェルン王国に通じ、我が国を裏切った罪は重い！　お命頂戴する！」

叫ばれた言葉に、もっと面食らった。驚きのあまり、エステルは声を失う。

「かかれ！」

彼らがこちらに向かってくる。とっさに動けないエステルをカリーナが突き飛ばした。

エステルは座席の通路の間に倒れ、痛みに動けずにいたが、それでもなんとか首を回して見上げれば、カリーナが兵に囲まれている。

カリーナはシュミーズとワンピースを座席の上に放り投げ、トレイを振り回して兵を相手にしている。盾のようにして剣を防いだり、武器のようにして殴ってみたり。

暴れ回る姿に、エステルは言葉も出せない。

男たちがカリーナを遠巻きにする中、フリオネ伯が剣を槍のようにかまえ、震えながら突撃する。

「覚悟！」

カリーナがトレイ越しに一撃を受け止めた。だが、勢いを止めることはできなかったのだろう。

その場に倒れたカリーナを見て、エステルはかぶっていたベールを投げ捨て、あわてて彼女に駆け寄った。

「カリーナさん！」

助け起こすと、カリーナの頭からベールが落ちる。

そして、髪の毛もずり落ちた。

「――！」

チョコレート色をした髪の毛が落ちたあと、あらわれたのは銀の髪を短く切りそろえた頭だ。

「か、かつら……？」

なぜ、かつらをかぶっているのか。そして、下からあらわれた短い頭髪はなんなのか。

「そこまでだ！　ジークを利用し、ヴェルン王国に騒乱を起こそうとした輩ども！　全員、捕縛せよ！」

教会に入ってきたのは、マテウスと武装した兵士たちだ。

兵士たちは剣を抜き、ミレッテ王国の暴徒たちを叩きのめしていく。

フリオネ伯はマテウスとエステルを見比べたあと、エステルに向けて剣を振り上げた。

ところが、跳ね起きたカリーナがフリオネ伯を殴り飛ばす。

フリオネ伯は宙を飛んで通路に倒れた。エステルは啞然としてカリーナを見上げる。

「はー、すっきりした！」

カリーナがさっぱりとした顔で腕を伸ばす。だが、すぐにあっと叫んだ。

「服！　肩が、破れた！」

「……ジーク、何をしているんだ……」

「きつい服を無理やり着ていたもんだから。あーあ、エステルさんが僕用に仕立ててくれたのに……」

「おまえのためではないだろう」

「僕のためですよぉ？　『刺繍を足します、カリーナさんにきれいなものを着てもらいたいから』って言ってもらったんですからぁ」

ジークがカリーナのしゃべり方でしゃべり続ける。

ふたりの姿を見比べて、エステルは頭が真っ白になった。

（どういうことなの……）

マテウスがエステルの傍らにやって来て、片膝をついた。

「エステル、大丈夫か？」

彼を見つめて答える。

「大丈夫じゃありません……」

主に頭の中が、と心の中で答えるエステルだが、マテウスは顔色を変えた。

「エステル、けがをしたのか!?　ジークのせいか!?」

「なぜ、僕のせいなんです？」

エステルは、不思議そうにするジークとあわてるマテウスを、まちがって舞台に上げられた観客の気分で見比べるしかなかった。

終章

ルイーズを含めた一行は、国外追放の処分が決まった。

マテウスを排除し、ジークを王位につける陰謀を企てたという反乱罪に問われたためである。

ジークは、ミレッテ王国に通じたと見せかけ、彼らの陰謀をマテウスに知らせて、ヴェルン王国へ忠節をあらわしたと発表された。

貴族からは、ミレッテ王国との戦の再開を呼びかける声があがったという。

しかし、マテウスはその声を封じた。

反乱はルイーズがフリオネ伯と独断で計画したことであり、ミレッテ王国の本意ではないと説明したのである。

ルイーズは、ジークの妻になりたいあまりに愚考を巡らし、正統な王女であるエステルを排除してから、マテウスの命を狙う予定であったという。ところが、その計画をジークは意図的にマテウスに漏らして、エステルを救った。

この顛末とルイーズの処刑についてミレッテ王国に通達したところ、ミレッテ王国からは早馬で返事が届いた。

ミレッテ王はルイーズを引き取りたいと申し出て、代わりにエステルを王女として嫁がせるという提案をしてきた。つまりは、ふたりを交換してでも和平を継続させたいという意思を示したわけだ。

マテウスは寛大な心でそれを受け入れ、ルイーズとフリオネ伯はミレッテ王国に追い返されることになった。

そして、襲撃事件発生から十五日後。

半狂乱になったルイーズと罪人のように蒼白な顔をしたフリオネ伯が馬車に乗せられる姿をエステルは陰から見送った。

（……わたしがミレッテ王国に帰ることはもうないわ）

母もヴェルン王国に引き取られ、公式にはフロランス王妃はヴェルン王国の保養地で静養すると発表された。

父にとっては、厄介払いができたことになるかもしれない。それとも、弱みを握られたと考えているのか。

エステルが問うても、父が本音を打ち明けることはないだろう。

（わたしは、それでも両国の架け橋になる）

この政略結婚は両国の手打ちのもとに成り立ったとはいっても、平和を守るためのものに他ならない。ならば、エステルはその責務を果たさなければならないのだ。

ルイーズたちを見送ったその足で向かったのは、マテウスの執務室である。

ミレッテ王国との交渉で忙しかったマテウスたちが、すべてを明かすことを約束してくれていたからだ。

エステルが執務室に入れば、机の前に座るマテウスのそばにカリーナことジークが寄り添っていた。相変わらずの女装姿で、無表情のマテウスの肩を揺する。

「陛下ぁ！　ご褒美をくださいよぉ！」

エステルはジークをまじまじと見つめてしまう。

（どうして気づかなかったのかしら……）

長身で広い肩幅、素顔を隠すための厚化粧、低くてかすれた声。すべて女ではなく、男だという証拠だった。しかし、エステルはすっかり欺かれていた。

（それに、たとえ男だと見抜いても、正体まではわからなかったわ）

なぜ、ジークが女装をして宮殿を闊歩しているのか。そもそも、塔に閉じ込めたのは、マテウスなのだ。それなのに、なぜジークが自由に出歩くのを許しているのか。

マテウスはカリーナのおねだりにそっけなく答えた。

「誰が褒美などやるか」

「ケチ！　信じられない！　僕、すっごくがんばったのに！」

ジークはぷりぷりと怒りながら、エステルの傍らにやってきた。

横に並んでエステルの肩を抱き、マテウスに向けて唇を尖らせる。

「エステルさぁん、言ってやってくださいよ、陛下に。ジークに褒美をやってくれって」

「褒美ですか？」

「そうですよぉ。身体を張って、エステルさんをお守りしたでしょう？」

ジークが誇らしげに胸を反らした。

「そうですね。ジークさんはわたしを助けてくれました」

エステルがうなずくと、ジークは顔を輝かせた。

「ほらね。エステルさんのほうが僕を評価しているじゃないですかぁ」

「でも、なぜジークさんは塔から出ることを許されているのですか？　女装して宮殿を歩き回れるのも不思議です」

エステルがじっと見つめると、ジークはエステルの肩から手を放し、目を細めて笑った。

「いきなり核心をつきますねぇ……。それは、僕が陛下にさっさと負けたからですよ」

「さっさと負けた？」

「そうですよ。兄上が起こした内乱は、最終的に僕と兄上の決闘で終わりました。兄上に敗北した僕は、嘆きの塔に閉じ込められた」

「はい……」

「僕は兄上に王位を奪われた悲劇の王……。エステルさんはそう思っていませんか？」

ジークに顔を覗かれて、エステルは大きくうなずいた。

「もちろん、そう思うしかありませんわ」

一連の出来事と、その結果を照らし合わせれば、ジークが言う悲劇の王の姿しか想像できない。

「それが違うんですよねぇ。実像は悲劇の王どころか、肩の荷を下ろした元王になったわけです」

ジークはさっぱりとした表情で言う。

エステルは彼をまじまじと見つめた。

「国王でいたくなかったということなのですか？」

「そういうことですね」

穏やかに切り返すジークに絶句してしまう。

国王になったのに、実は国王でいたくない——そんなことがあるのだろうか。

「向いてないんですよ、僕は。僕の選択如何で民が死ぬかもしれない。そんな重責には、とても耐えられないと思っていたんです」

「……では、なぜ即位されたのですか？」

こう言ってはなんだが、向いていないという自覚があるならば、先王が崩御したあと、マテウスを即位させればよかった話だ。

「僕は国王になりたくない……しかし、僕に即位してもらったほうが、都合がいい勢力がいた。そして、僕はその勢力に抵抗できなかったわけです」

ジークは額に指を押し当てて、深いため息をついた。彼の顔には深い悔恨が浮かんでいる。

「僕の母は、僕を国王にするために兄上に刺客を送り続けていました。母の実家は南方の貴族で、勢力を保っている。僕は国王になることを拒否していましたが、結局は母たちの要求を拒みきれなかった。僕は仕方なしに即位したわけです」

「そうですか……」

ジークの立場はわかる。しかし、それは結局のところ、本人にとっても国にとっても不幸なことだろう。

「ところが！　そんな僕に救いの知らせが届いた……。兄上が謀叛を起こしてくれたわけです！」

こぶしを握り締めるジークの言葉は、とてつもなく常識外れだった。

マテウスも羽根ペンを止めてジークを呆れぎみに見つめている。

(謀叛を喜ぶ国王なんて、ふつうはいないでしょうね……)

呆れるエステルに、ジークは滔々と語る。

「僕はできるだけ抵抗をしないようにと軍に命令をしておきました。無駄な犠牲を出したくありませんからね。そして、兄上に決闘を申し込んだわけです。ふたりで戦って勝敗を決すれば、他の誰をも傷つけずに済みますから」

ジークの発言にようやく彼の真意を悟る。

ジークはやさしい人間なのだ。だからこそ、時には厳しい決断をしなければならない国王という責を担えないと思ったのだろう。

「それで、決闘して負けたのですね」

「エステルさんは兄上の身体をいつも見ているでしょう？　あんなに筋肉ムキムキの男に、か弱い僕が勝てると思いますぅ？」

ジークはエプロンドレスの裾をひらりと翻した。

エステルは顔を真っ赤にしてうつむく。

「そ、そうですね……」

「つまり、僕は首尾よく負けて、嘆きの塔に閉じ込められることになったんですよ」

ふと馴染んだ気配がして横を見上げれば、マテウスがいた。

「閉じ込められるどころか、八百長決闘ですんなり王位を譲ったんだから、ちょっとは自由が欲しいとこいつは言いだした」

「そりゃそうですよ。僕は、事実上は国王の位を兄上に献上したわけです。ある意味、功績絶大なんですから、塔の中にずーっと閉じ込められるなんて、ごめんです」

嫌々をするように首を振るジークを、マテウスとそろって半眼で見つめる。

「だから、この姿で外に出ているわけです。それに、今回のように兄上のお手伝いもできますし？　身体を張ったんですよ、これでも」

「……初めてルイーズに会ったとき、突き飛ばされましたものね」

「わざとですけどね。挑発に簡単に乗ってくれる方でよかったですぅ」

ジークが指を折って数える。

「ルイーズ王女の悪評を流したのも僕でしょう。陛下とエステルさんが深い仲だとルイーズ王女に知らせたのも僕。フリオネ伯にふたりの情事を聞かせたのも僕。ルイーズ王女と結託する誘いを出したのも僕。教会でエステルさんの身代わりになり、襲われる役をやったのも僕。ものすごく働いてますよね、兄上」

にっこり微笑むジークにマテウスは腕を組む。だが、エステルは聞き捨てならない言葉があった気がして、おそるおそるたずねた。

「……情事を聞かせたって、どういうことですか？」

「変な箱があったことを覚えてませんか？」

「まさか、フリオネ伯が中に隠れていたんですか!?」

倒れそうになった。恥ずかしくて死にそうだった。

「申し訳ないんですが、フリオネ伯にふたりが男女の仲だと示す必要がありまして……。あれも決死の覚悟で立てた作戦のひとつです」

「でも……！」

半泣きで問い詰めれば、ジークは肩をすくめた。

「まあ、暗かったですから、見られてはいないはずですよ。声は聞こえたかもしれませんが……。あ、責めるならば兄上を責めてくださいね。そもそも、即位したのだってエステルさんのため。高貴な人間にしか嫁がないと言ったエステルさんを花嫁にするためなんですから」

エステルは目を見張り、マテウスを見つめた。彼が腕を組んでジークを見下ろす。

「……仕方ないだろう。ミレッテ王国はエステルをすんなり嫁がせようとしないんだから」

「そうですよねぇ。エステルさんは病弱だと嘘をついて、ルイーズ王女を押しつけてくる……。おかげで、ゾフィーにエステルさんを連れだす仕事を頼まなくちゃいけなくなり、回りくどい企みを考える羽目にもなった。とんでもない国ですよ、ミレッテ王国は。ルイーズ王女を処刑すると脅して、やっとエステルさんを王女として認め、結婚に同意したんですから」

ふたりを見比べて、エステルはようやく悟った。

様々な謀は、すべてエステルをミレッテ王国の王女としてマテウスに嫁がせるためだったのだ。

「……おふたりとも、ありがとうございます」

万感の思いで礼を言えば、ジークは照れくさそうに頭を掻いた。

「それほどでも……。僕はけっこう働きましたけど、かなりがんばりましたけど、下心が満載ですから」

「下心？」

「兄上に言われたんですよ。エステルさんを花嫁にする計画に協力したら、僕の監禁年数を短くしてやるって」

満面の笑みに、エステルは思わず指摘せずにはいられなかった。

「今でも監禁になっていませんよね？」

「名目上は監禁されていますから。僕は女の姿でしか外に出られないんですよ」

ドレスをつまんでひらひらさせながらジークはぼやく。

「これはこれで楽しいんですが、やっぱり胸を張って堂々と陽の下を歩きたいんですよぉ」

「……もう少し待て。頃合いを見て外に出すが、下手を打てば俺は北の貴族をも敵に回すんだぞ」

マテウスが深い息をつき、ジークもうなずいた。

「兄上も大変ですからねぇ。北方貴族は恩を高く売ろうとするし、南方貴族は反発するし。エステルさん、兄上を支えてくださいね。我が国、なかなか難しい国なんです」

「がんばります」

とうなずく。エステルはふたりのおかげで王女として正式に認められ、マテウスに嫁げるようになった。せめて自分のできることを精一杯して、マテウスを支えていきたい。

「さ、僕もそろそろ塔に戻ろうかな。あんまり不在にするのもね」

ジークは両腕を伸ばした。

エステルは頭に浮かんだ疑問をぶつける。

「見張りの方はご存じなんですか？」

「知ってますよぉ。いつも同じ兵しか見張りをしていないんです。あの見張りは、中に入って僕の不在に気づく人間があらわれるのを防ぐために立っているんで」

「……そうですか」

何もかも常識とは正反対の状況だ。エステルはもはや微笑むことしかできなかった。

「では、僕は塔に戻りますね。あとは、おふたりでごゆっくり」

ジークがドレスの裾を翻して部屋を出て行く。

賑やかなジークがいなくなると、部屋がすぐに静まり返った。

マテウスがエステルと向かい合う。

「ありがとうございます。わたしのために」

「あの日、言っただろう。おまえに会えたのは運命だと」

エステルは潤んだ目で彼を見つめた。

「おまえが助けてくれなかったら、俺は死んでいた。別れのとき、俺は決めたんだ。ジークから王位を奪い、おまえを妻にすると」

マテウスがエステルの両手を握る。大きな手に握りこまれ、胸に感謝と愛情が満ちてきた。

「……わたしのために、危険を冒したのですね」

「生きている限り、ジークの母は俺の命を狙っただろう。俺が死ぬか、国王になるか、俺に残された選択はふたつにひとつ。生きたいと願うなら、国王になるしかなかった」

エステルは彼の手から自分の手を抜き、彼の頬を両手で挟んだ。

「わたし、これからずっとあなたを支えていきます」

「……エステル」

マテウスはエステルをきつく抱きしめてきた。

「おまえを王妃にしたかった。やっとここまで来られた」

マテウスは髪を撫で、頬にくちづけてくる。

「今すぐ抱きたい。いいか？」

「は、はい……」

熱に浮かされた言葉に、ついうなずいてしまう。エステルも彼と遠慮なく抱きしめ合い、愛を伝えたかった。

マテウスはエステルの手を引き、寝室まで導いた。彼について歩きながら、鼓動がどんどん速くなる。

（結婚したら、慣れるのかしら）

彼に触れられるたびに心臓が壊れるのではと危ぶむほど拍動が乱れるが、正式にマテウスの妻になればそんなことはなくなるのだろうか。

寝室に入るなりくちづけをされ、エステルはすぐに侵入を企てた彼の舌を受け止める。勝手知ったる部屋を探るように口内を舌が這いまわり、背筋がびくりと動いた。

マテウスはくちづけをしながらエステルを抱えるようにしてベッドに移動する。押し倒されたら、もう逃げられはしなかった。

彼は自らのコートを脱ぎ去ってしまうと、エステルの靴を脱がし、エプロンを引きはがし、ドレスのボタンをはずしてくる。

マテウスは、肩からドレスを引きずり下ろし、コルセットを押し下げて乳房をあらわにした。

右の乳房にかぶりつき、唇と舌を巧みに使って乳首をこねまわすものだから、エステルは悲鳴をあげる。

「あ……ああっ……」

何度も繰り返された愛撫なのに、ぬるつく舌が肌を這うたびに、エステルの胸は高鳴る。

餓えた狼のように乳房を甘噛みされて、全身を揺らした。

「ん……んんっ……陛下……だめっ……」

「名を呼んでくれ。そうしたら、やさしくしてやる」

左の乳房を揉みながら、マテウスはにやりと笑う。意地の悪い笑みに誘われるように、つい彼の名を口にしてしまう。

「マテウス……もっと、ゆっくりしてほしいの……」

彼は急速に性感を高めようとしてくる。すでに右手はドレスの裾をめくって、太腿を撫ではじめているのだ。

「俺は政務の最中だから、早く済ませないといけない。少し急ぐが、必ず気持ちよくするから、ついてきてくれ」

真顔で言って、右手はドロワーズを引きずり下ろし、左手は乳首をねじりだす。

「急ぐならやめても……」

「そんなつれないことを言わないでくれ。俺はおまえに早く子種を撒きたいんだ。早く子どもをつくって、家族を増やしたい」

マテウスの願いを聞き、エステルの心もうずく。

温かな家庭をエステルも欲していた。だとしても、彼の性急な手の動きには追いつけないのだが。

「わたしも、同じですけれど、でも……！」

マテウスは秘処をためらいなくこすりだした。指の感触に、蜜孔からたちまちに愛液が滲みだす。

「ほら、おまえのここも孕みたいと言っている」

「言っていません！」

濡れた指先で陰核をつまんでこねまわされれば、鮮烈な快感にあえぐしかなくなった。

「は……はぁっ……ああっ……はぁあっ……」

マテウスの指が雌芯を膨らませていく。何度も指の腹でこすられて、種は物欲しげに芽吹きだした。

「ひっ……ああっ……もう……だめっ……」

快感を覚えた肉体はさらなる深みに陥りたがっていた。

腰を揺らして強すぎる官能を散らそうとするのに、彼は蜜孔に指を入れ、内側の感じるところをこすりだす。

「ああ……だめ……だめ……」

性感帯を同時に愛撫されて、たやすく追い上げられてしまう。

彼の指に導かれるままにエステルは絶頂に至る。腰を浮かせて性感を味わうエステルは、昼間に味わっていいとは思えぬ倦怠感にたゆたった。

マテウスは己のクラバットを緩め、シャツを脱ぐ。下に着ているのは、エステルが刺繍をしたあの肌着だ。

「も、もう綻びがありますわ」

肌着の縁は糸がほつれていた。しっかり作ったつもりだったが、まだまだだと申し訳なかった。

「おまえが仕立てたものだ。どんなにボロボロになっても着るぞ」

マテウスは大切そうに肌着に触れる。

「では、わたしが補修します」

「そうしてくれ」

うれしそうに肌着を脱ぐ彼に照れくさくなった。マテウスは、エステルもエステルが仕立てたものも、すべて大切にしてくれる。

「あと数か月したら婚礼だ。おまえを正式に王妃にできる」

「で、では、それまで関係を我慢するべきでは？」

不安になってたずねる。さすがにお腹が大きい状態で婚礼を迎えるのは問題があるのではないだろうか。

「問題ない。俺の愛が深いという証明になるだろう」

マテウスが嬉々として脚衣も脱ぎ、雄の剣をあらわにする。

張りつめたそこに、否応なく胸が高鳴る。

浅ましくも期待をしていたら、マテウスがエステルの脚をはしたなく広げさせて、のしかかってきた。

身体の深いところが繋がり、思わず満足の息を吐いた。

（うれしい……）

マテウスだけがエステルを欲してくれる。エステルの全身を愛で満たしてくれる。

「エステル……」

愛おしげに名を呼んで、彼が腰を動かしだす。

膨れきった男根がエステルの深奥を突くたびに、甘い吐息が漏れた。

「あ……ああっ……ああっ……すごい……気持ちいい……」

自らも腰を振って、彼にさらなる攻撃をねだる。

マテウスが上半身を倒してくちづけをしてきた。

上と下の空隙（くうげき）を同時にふさがれて、エステルは官能を味わい尽くす。

彼の背に腕を回して、エステルは声もなくささやいた。

（あなたはやさしい方だわ）

謀を企てて、悪い手を使ったが、それはエステルを救うためだった。

マテウスはエステルを心から愛してくれるやさしい男なのだ。そんな彼に、心からの愛を捧げたかった。

唇を解放されて、エステルは彼の青い目をうっとりと見つめた。

「マテウス、愛しているわ」

「俺もだ」

マテウスと抱きしめ合いながら、エステルはいつまでも続く幸福感に酔いしれた。

（了）

あとがき

初めまして、あるいは、お久しぶりです。貴原すずと申します。

ソーニャ文庫さんで四作目の物語をお届けできることになりました。

今作は姉妹格差ものを書きたいという動機から生まれました。世の中ではどうやら姉妹格差もの――しかも、妹が姉をいたぶる設定が流行しているという情報をキャッチしたわたくし。そこに人気のざまぁもトッピングしたい。さらに、たまたま思いついた『王女にして侍女』というキーワードもぶちこみたい。そんなこんなで、いろんなものを脳内のミキサーにかけ、『俺様陛下はメイド王女を逃がさない』が完成しました。

俺様陛下マテウスは自信満々という感じでエステルの前に登場させましたが、陰で色々とがんばったのは彼だよなと思います。反乱を起こすときも、その後始末をするときも、エステル作の肌着を見つめながら、「がんばれ、俺！　もっとがんばれ！」とか自分を励ましていたのかと思うと、笑いが止まらない。エステルと再会したときは、「ついにやったぞ、俺！」とこっそりテンション爆上りしていたことでしょう。そんなことを考えていたら、マテウス視点を入れたいなと思いましたが、ストーリーのテンションが壊れかねないので制止しました。

また、書いていて楽しかったのは、カリーナです。もっと登場させたいくらいだったのですが、マテウスより目立っては困ると自制しました。カリーナ視点だと、このお話はコメディにしかならないと思います。

イラストを担当してくださったのは、炎(ほのお)かりよ先生です。

一度でいいからお仕事をご一緒できればなぁと憧れていたので、うれしかったです！　マテウスが想像以上に格好よすぎて、内心で悲鳴をあげました。本当にありがとうございました！

また、担当さま。プロットから原稿から的確なご指摘の数々をありがとうございます。修正箇所膨大で、切腹しろと言いたくなったと想像します。まことに申し訳ありませんでした……。

そして、読者の皆さまへ。世の中は相変わらず大変な状況ですが、この本がささやかな楽しみになれば、と願っております。では、また新たな物語の世界でお会いできますように。

貴原　すず

この本を読んでのご意見・ご感想をお待ちしております。

◆ あて先 ◆

〒101-0051
東京都千代田区神田神保町2-4-7 久月神田ビル
㈱イースト・プレス　ソーニャ文庫編集部
貴原すず先生／炎かりよ先生

俺様陛下はメイド王女を逃さない

2022年3月6日　第1刷発行

著　　者　貴原すず
イラスト　炎かりよ
装　　丁　imagejack.inc
発 行 人　永田和泉
発 行 所　株式会社イースト・プレス
〒101－0051
東京都千代田区神田神保町2－4－7 久月神田ビル
TEL 03－5213－4700　FAX 03－5213－4701
印 刷 所　中央精版印刷株式会社

ISBN 978-4-7816-9718-5
定価はカバーに表示してあります。